HEYDEAR

*Garden*

# 海蒂的花园

海妈
著

中信出版集团 | 北京

图书在版编目（CIP）数据

海蒂的花园 / 海妈著. -- 北京 : 中信出版社,
2021.4
ISBN 978-7-5217-2961-0

Ⅰ. ①海… Ⅱ. ①海… Ⅲ. ①散文集－中国－当代
Ⅳ. ①I267

中国版本图书馆CIP数据核字（2021）第047530号

海蒂的花园

著　　者：海妈
出版发行：中信出版集团股份有限公司
（北京市朝阳区惠新东街甲4号富盛大厦2座　邮编　100029）
承 印 者：北京尚唐印刷包装有限公司

开　　本：787mm × 1092mm　1/16　　印　　张：14.25　　字　　数：154千字
版　　次：2021年4月第1版　　印　　次：2021年4月第1次印刷
书　　号：ISBN 978-7-5217-2961-0
定　　价：78.00元

花园是我的第一个女儿，

海蒂是第二个，噜噜是第三个。

有人问过我喜欢什么花，

这如同我有成百上千个孩子，

纵然各有缺失，

但我总会看到他们的闪光点，

每个我都爱。

魔法花园里的大花绣球

# 自序
# 从此人生是春天



我常常觉得恍惚。看到海爸的时候，总觉得好像是第一次见他。如果不是去翻阅留下的照片，很难相信自己能将一件事情（除了吃饭睡觉）坚持13年！

在这13年里，我都干了些啥呢？

这简直是灵魂拷问。答案或许是，我将爱好变成了事业，有了海蒂的花园。花园里早年种下的中华木绣球已经变得很高大，春天满树繁花。

我想把花园写得浪漫而富有诗意，但其实鲜花只是皮相，扎根的土壤才是真相。坚持13年并不是件容易的事情，好在有海爸13年如一日地无条件支持我。最艰难的时候，他不会说："你咋这么笨？看你干的好事！"而是给我一个有力的拥抱，拍着我的背安慰我说："没有什么大不了的，只要我们一家人在一起，就没有什么困难可以难倒我们！"

2017年的某个夏天的午后，我们终于在花园里拍了一组照片。我们没有结婚照，这么多年没记住过任何一次结婚纪念日，除夕和初一也在田里，日复一日重复着最普通平淡的生活。种花的生活甚至称得上乏味，但是只要花一开，我就会从心里笑出声来。

家人的支持固然重要，团队的支持也少不得。有一天很晚了，我走出办公室准备回家，这时看到对面有一个人蹦蹦跳跳、手舞足蹈地走了过来。我以为是海蒂，结果竟然是我们的一位售后小伙伴。我问："你为何这么开心呀？"她说："我今天处理下来两个差评！很开心！"

做售后压力是很大的，她在巨大的压力下，依然能这样积极和乐观，能在压力中找到自己的乐趣，让我很感动。

我们的团队里像她这样的小伙伴还有很多。我常常觉得他们很可爱，海爸调侃我说，那你也写一篇《谁是最可爱的人》好了！

回到上面那个问题：13年时间里我们究竟做了啥？生了两个娃娃能不能算？

2008年，在成都人民南路创立花店"花千树园艺"，开启了家庭园艺之旅。

2009年，花店迁至三圣乡花市，更名为"艺景园艺"，开设淘宝店铺。

2010年，三圣乡老店拆迁，店铺搬至东篱花木产业园。

2011年，海蒂出生，三圣乡新店改名为"海蒂的花园"，并将花园和卖场融合，打造了经典的龙沙墙。

2012年，在黄龙溪建立基地，基地于当年被拆除。

2013年，在海蒂的花园种下无尽夏花径，建设白园和儿童花园。

2014年，噜噜出生，海爸正式参与公司管理，在双流彭镇开辟了8亩基地，组建团队，运营海蒂的花园淘宝店。

2015年，双流基地扩建至10亩。

2016年，建立西昌天竺葵基地，并开设海蒂的花园天竺葵店。

▲
白房子旁的垂丝海棠、金禾女贞和家庭花园的迷迭香

2017年，在双流基地建成“海蒂和噜噜的花园”，占地3000平方米，栽种近2000种植物；海蒂和噜噜的花园正式免费对公众开放，举办了首届“海蒂的花园”花园节。

2018年，海蒂的花园在年初决定去作坊化，向企业转型。同年，刚扩建完的三圣乡海蒂的花园被拆除。

2019年，海蒂8岁，海蒂的花园三圣乡店宣布关闭。双流基地扩建至100亩，有近100名员工为园艺事业而努力。

2020年，双流基地扩建至200亩，郫县基地50亩，龙泉基地50亩，海蒂的花园图书馆建成并试营业。

2021年，海蒂的花园天猫店启航……

我很幸运地找到了自己的使命，好好地种花。种花不仅给我和家人带来快乐，还带来了生计，能把爱好变成生计养活一家人，何其幸运。

13年来，我们坚持着家庭园艺的理念，家庭是首位，园艺是次要的。我们渴望着把更多的花草带入更多的家庭，让孩子们看到一粒种子如何发芽、一朵花如何长成，让父母多陪伴在孩子身边，细数每一朵花开。我在这些年中访问了上百座花园，和这些花园的主人聊天，了解园艺对他们生活方式的改变。

有人告诉我："自从种花后，我才感觉到了春天！"植物给人带来的能量，非得去接触、去建立情感才能了解个中妙处。在种花超过10年的花友口中我得知："繁忙的工作之余，侍弄花草是我最大的休息、最好的享乐。哪怕那时候花园里一朵花都没开，我也能从它们的芽苞看到花开的样子。"

很多爱花人目前还没有自己的花园，他们选择在出租屋或是公寓里种花。我记得刚认识海爸的时候，我们住的小房子里连个吃饭的桌子都没有，但我会在夏天抱回一盆巨大的茉莉花，在冬天种上仙客来。生活是自己的，无论条件的局限还是世事的无奈，一点绿色，一朵花，算是对自己温柔以待。

当我有了花园，有了种花的条件，就特别渴望与人分享这些花开的喜悦。有一天傍晚，我一个人在双流基地直播巡田，看着太阳马上消失在地平线上，阳光穿透大棚。我一路狂奔，跑到花园，看到夕阳刚刚好，于是爬上公主房的房顶去看日落。我开着直播，和七百多人一起共度这花园里的美好时光。当时真的觉得特别浪漫，心情好极了，当天回去一路都在唱歌给自己听。

其实最近几年，我真的有些疲惫——扩大基地面积，每周更新公众号（我一周要原创两篇），每周三晚8点"海妈园艺课堂"开讲。每当我觉得辛苦，海爸就会说："你看这世界谁又不辛苦呢？要知道，他们都比你更聪明且更努力！"

走再远的路，看再多的风景，家人和花园都像是牵着我这根风筝线的手，随时让我想念在一起的时光。这些年来，海爸跟我说过的最动人的情话莫过于："老婆，你就坐在我的身边，我为什么依然那么想你呢？"

分享这些关于我们家庭的故事，并不是"撒狗粮"。我看到很多文章调侃"如果不努力，是要结婚的哟"，仿佛结婚一定是最坏的结果。我想说，好的婚姻可以彼此成就，从此人生是春天。我们在一起13年，搬家13次，从未感到辛苦，反而觉得新鲜、兴奋且充满激情。

除了海爸，父母的支持也很重要。我妈妈今年73岁了，她有神奇的绿手指，就算把一根扁担插在地里都能开花，我对于植物的热爱也源自她。

幼年的时候，无论怎样辛苦劳累，她总是把我带在身边。她在山上垦地种田，我在各处采摘野花，观察阳光下闪闪发光的叶片。她常常告诉我说，花花草草也有自己的生命，要珍惜尊重，不要糟蹋它们。她是个安土重迁的人，但就因为我在电话里说了一句"妈妈，你来帮我种花吧"，就卖光了老家的老母猪、麦子和玉米，带着自己的棉被，赶来成都帮我，一帮就是13年。

她是个乐观、坚韧的女性，总是很积极地面对任何事情。这些年里，在各种艰难的时候，她也总是鼓励我："你硬是见了好大的天儿哟！""人这一辈子，啥子都要经历。"她的这种精神一直影响着我。她说，做任何事情，要经过三个春天和三个冬天，这样你才能在这件事上有一点点的成绩和进步。这是我这些年能坚持下来的重要原因。

谨将此书，献给我的母亲李盛春，感恩她这么多年来给我的帮助和力量。

2021年2月

# 01 人与花的四季生活 With Flowers

# 海蒂的花园

咖啡喝多了失眠的夜晚，想讲讲关于我们花园的故事。想从头开始，就得说起我和海爸的爱情，仿佛又离题太远。就像《巴巴爸爸》的故事一样，巴巴爸爸一下子就爱上了巴巴妈妈，巴巴妈妈一下子就爱上了巴巴爸爸；于是在第二年的春天，他们下了七个蛋。

海蒂出生时，正值花店搬迁，我们就改了名字叫海蒂的花园。后来，我们又有了小女儿噜噜，海蒂闹过好多次要把花园的名字改成“海蒂和噜噜的花园”。

海蒂的花园在我们接手时是一片荒草，海蒂的外公开着旋耕机来回跑，拉着一车又一车的黑土进场，这里终于成了可以种花的地方。没有多少钱，我们就用旧的预制板当路径，用旧的红砖砌花墙，种下龙沙宝石；房子上拆下来的旧料做了玫瑰花廊。龙沙一年一年长大，我的海蒂也一年一年长大，花枝更长，花朵更盛，海蒂更高了。

时间是一个魔法师，光枝变花朵只用了三个月，数以千计的花朵几天内齐齐绽放。每当这个时候，我就想停留下来，守着它们，也想让更多人来看看它们。一年的努力，在一瞬炸开，就为了吸引人停下来看一看——

▲三圣乡海蒂的花园中的粉色龙沙宝石月季墙

分分秒秒花皆不同，当你看了这一分钟，这一分钟的花就属于你了。

说到这里，画风突然变了！总有人问：为什么你的龙沙不垂头？为什么你的月季基本不垂头？大家都想了解原因。足够长的年份是第一原因，良好的绑扎和修剪是第二原因，生长期的合理追肥是第三原因。其实大家也不必过虑，开花垂头或者不垂头，对我们种植者而言都是一样美好的。我的龙沙开了上千朵，你们家里或许只开了三朵，但我们的心情是相同的。

我们的花园之所以和其他的卖场不同，是因为我们处处充满着爱。我参照丸子小姐的书用旧木料做了孩子们的大玩具；海蒂外公做了小玩具，为了不伤到她们，每个地方都细细地打磨过；而外婆则给她们修了小小的池塘，种下鸢尾和睡莲，养下小红鱼，有时候蜻蜓和豆娘停留，我们就兴奋起来。我们有块小小的菜地，种下各式水果和菜蔬；别人家

孩子的玩具是乐高，海蒂的玩具是剪草机。

海蒂的花园里有一个100平方米的小花园，叫白园，里面只种白色的花朵。白色的花没有人不喜欢，但没有人愿意在家里建纯白色的花园。花园的美非现场不能体会，鸟叫声、风的声音，还有各种混合的香味。很多时候我都在一个人独享这种快乐——早起，阳光刚刚好，花儿沾满了露水。通常在早上8点以前，花园里是没有人的，安静得只有鸟鸣、风声，还有一只名为“拖把”的小狗的叫声。有时候也会听到细微的玫瑰花绽放的炸响，“啵”的一声，很轻很轻。

夏天，海蒂外公在劳动之余会喝一杯小酒；而我们则在盛夏开始度假，天上都是我们的脚板印。我们的生活只有一样，就是花园——不在花园里，就在去花园的路上。

# 我们的花园梦

2016年的某天，海爸提醒我，我们从事园艺工作已经8年了。但在我的感觉里，这些年就是一瞬间。我记不清日子，每天一样地过。

花8年的时间种花，似乎应该总结总结。说点什么呢？回想8年前，我在电脑城卖电脑，生活日复一日地重复，大量无所事事的时间都交给了电视剧。某一天我迷恋上了种花，时间就交给了论坛，从早到晚都在没完没了地了解别人种花的过程、乐趣和得失。我有了心中的大神，那些种花种得好的人在我心里的地位远远高于我那时的“男神”王力宏。

2008年，我和海爸在人民南路开了一个鲜花店，很快就维持不下去了。切花这个东西，卖不掉就得丢掉。那些花可都是海爸在大冬天的凌晨3点起床，去切花市场一把一把选回来的啊！这样持续了一整年，他也坚持不下去了。后来我想，不如我们去三圣乡转转，寻找自己的切花来源。其实我的想法很简单，植物有根才可以活着，不死就不抛弃，多棒！活着，活下去，搬到三圣乡竟然是为了这个。

然而只在那里干了一两年，三圣乡花市就遭遇拆迁，我们无力挣扎，只能顺从。其间我们还开垦了一个仅有4亩大的基地，经过一年也宣告失败了。这之后我开始了全职经营，把所有的时间都交给了植物。

有些痛苦，过去了就可以用三言两语轻描淡写，但身处其中的确是煎熬。那时我们开车跑了很多地方，走了很远的路，流下无数的泪。后来我们终于找到了一个新的场地，有2000平方米。第一次看到它时，只有一个孤零零的大棚，四周是池塘，我们只好拉来一车一车的土填起来。填好以后没使用也没打理，一两年后杂草丛生，草比人高，吹一声口哨，成千上万的小鸟就飞出来了。

搬到三圣乡之后，我就接来了我的父母，尽管和我们在一起生活并没有让他们在体力上得到任何放松，但是我可以每天见到他们，可以和他们一起吃饭聊天。一家人在一起，这是我从事这个行业最大的幸福和收获。有一天，我爸爸拉了几车中药渣，混着老黄泥，来回来去犁地。这着实是个苦差，深层土壤很黏，还硬得像石头，怎么办？农民最有生活的智慧，他们将土挖成大坨，让它自然晾着，夜间打霜，白天晒太阳。一个冬天以后，土里竟充满了孔隙，有了团粒，变得又酥又脆了，倒是有趣。

我爸是我的万金油，他当过木工、泥瓦工，很多种“工”——当然了，都不能称为“匠”。但是，在种花这件事上，我总能从他那里借鉴很多东西。常常是我给出一种想象、一张草图、一些“比画”，他就了解了我的想法，做出了我想要的东西。

时间是一条线，但生活好像是两条线，我一边种花，一边孕育生命。某天，我有了海蒂，把以前的“花千树园艺”改名为“海蒂的花园”，幻想着这个花园可以坚持到海蒂成年，再把这个花园当成她的成年礼，如同给女儿酿一坛女儿红。花园是我的第一个女儿，海蒂是第二

个，噜噜是第三个。有人问过我喜欢什么花，这如同我有成百上千个孩子，纵然各有缺失，但我总会看到他们的闪光点，每个我都爱。

花园不是一天建成的，除了大门处的龙沙是最初就栽下去的，其他地方每年都会有变化，总有很多不如意，总有太多想改变，反复地折腾。花在长大，孩子也在长大。有了孩子的花园突然间就热闹起来，海蒂甚至在很长一段时间里都认为自己是一朵小花或是花仙子。

很多时候，家人的支持配合特别重要。有了妹妹噜噜以后，海爸也全职和我种花，我们在双流彭镇建起了生产基地。从修温室开始，海爸就全力以赴，他是个细节控，要求很高，而我就是带着孩子们隔三岔五地去打酱油。直到今天，花友在淘宝上遇到的晚间客服多半是海爸，他通常会工作到12点，并乐此不疲。我口中总有两个爸，一个是我亲爸，一个是海爸——我叫他爸爸，他叫我妈妈，我们就像孩子一样称呼对方。我这两个爸总是由着我，配合我，无论结果好坏都与我一起承担，从不抱怨。

有人问过我，兴趣爱好是怎么变成事业的？我也不晓得从哪天开始，我们出名了，有了媒体的采访，我也开始写东西发表在园艺杂志上，但我没有觉得这些对我的生活有什么改变。对于这个问题，我冲动的回答是流血、流汗、流泪。这样说仿佛太打击人了，但事实确实如此——2016年，西昌基地的天竺葵被水淹，我流下的泪水比年轻时因失恋而流的还多。如果现在再问我这个问题，我想还得加一条，坚持，必须坚持，无论多么艰难，流光了泪就喝一杯水，再流一会儿泪，然后坚持下去。我们看不见的前方，也许有个拐弯，拐过去就能看到其他的风景。

我们生活的玩具就是花，或是栽花，或是剪下来做花束，或是在花园里漫步。我的小噜噜妹真的是我的心肝宝贝，长成“杀马特”一样，我也喜欢，还觉得好可爱。海蒂长了一身痱子，我的方法就是把自种的苦瓜的叶子打碎，给她擦得满身都是，还要拍张照。

宿命这种东西，找到是幸，找不到也是命。记得《圣经》上说，你们是世上的盐，你们是世上的光。盐让食物有了味道，光可以照亮黑暗。而我想种花，种好花，带着更多的人种好花——这就是我的使命和宿命，做到了，也就成为盐和光了。

# 巡田快乐颂



有一天上班路上，海爸冷不丁地说："老婆，我觉得现在没有以前快乐了。我们在三圣乡的时候多安逸啊，总是很快乐。"

我想起以前良木缘的刘总说过，他觉得最快乐的时候是开第一家店的时候，那时他和老婆两个人还要做服务员。马云说他当乡村老师、拿91块钱工资的时候最快乐。和他们的想法不一样，我一直都觉得挺快活的。

种花十几个年头，我最快乐的事就是巡田，去看一望无际的花田。一望无际听起来吹得有点大，不过这个形容有其真实的语境：成都的大雾天，基本上是伸手不见五指的程度，你们懂吧？

首先去看地栽转盆栽的月季，观察它们有没有皱皮、有没有红红的芽点、修剪得对不对、有没有伤流。看起来不错，挺理想的状态。雨雾中，有些花正在开，不开花的那些正在长白白胖胖的根，让人心情颇好。

再去中区，看扦插棚里正在长根的月季和草花，用手轻轻提一提就能知道长根了没有；看叶子黄了、掉了，芽出来了，花也就活了。我在

心里琢磨着要不要安排上盆，还要纠结这么冷的天气，上盆前是不是应该先放棚里两周缓缓苗。

转过去看到虞美人红艳艳地开成一片，正在风中摇摆，似乎在对我说："海妈，你好！"一些百子莲看似枯死了，我赶忙去摸了摸它们的芽点，还好，很硬很强劲。知道它们还活着，真好。这让我想起，小时候家里有好几只母鸡，我会去摸它们的鸡窝，当天会不会下蛋是摸得到的。海蒂和噜噜妹还在我肚子里的时候，我也摸得到她们，感觉得到生命的存在与成长。

一个人溜达还是挺冷的，不过东摸西摸之后，再用冷水洗洗手，过一会儿手就发烫了。我小时候年年长冻疮，不夸张地说，我的手指现在像胡萝卜那么粗，就是因为以前冻疮化脓化得太狠了。遇到下雪的年

▲ 盛开的虞美人

头，我爸爸就让我去搓雪，甚至让我光着脚板儿去搓。他说这样手脚就“发烧”了，之后冻疮就好了。当年我信了这个邪，现在40几岁了，才有点上当的感觉。

一回头，看到玉簪、落新妇、大花萱草、松果菊……好多植物都把生命痕迹隐藏起来，就像拳击手收回拳头是为了更好地出击一样。

大苗绣球区的叶子基本都软了黄了，像块破抹布一样挂在枝头。有五个阿姨正在整理落叶，我要求把枝干上干枯的叶子摘干净，把掉在盆里的每一片落叶捡干净，于是假装去欣赏芽点，实则去检查有没有整理到位。落叶会降解，通过真菌和昆虫变成堆肥；但枯叶如果挂在枝干上，就会被传染灰霉病。

再往前走几步就是月季小苗田。一片叶子，两个芽点，随机抽样翻看老叶背面有没有红蜘蛛或者蚜虫。虽然现在夜间气温基本到0摄氏度了，但蚜虫还活着，而红蜘蛛待露水一干就会开始活动。

好在这些都算是万分之几的零星存在，一旦发现就得即刻处理并预防蔓延。规模种植风险巨大，没有任何病虫害可以掉以轻心。曾经，绣球感染了蚜虫，一次就毁掉了上万株；而蓟马三天就祸害了数万株绣球，导致月季全面下架。

海爸负责生产，我无数次告诉他，如果有人将病虫问题反映到他那里，就应该立刻马上停下手上的一切事情，到田里去着手解决。生产没有小事，全是大事。

月季中苗已经在修剪了。老实说，我对修剪的结果不太满意。理想中，修剪好一株月季花苗，比开满花更令人激动，就像亲手雕刻一个作品一样。每一个芽点和每一根枝条都在合适的位置上，让每一朵花都有

特别的气质，独一无二。我喜欢干这个工作，于是招呼来所有大姐，然后一个品种一个品种地示范给她们看。她们也因此开心起来：剪这么狠，太简单了，我也会！

去到后区的绣球小苗田，有九个花工正在清理绣球落叶，可我竟然在清理干净的区域还能发现零星的落叶。于是打电话叫来组长，指出一片落叶都不可以留，连芽苞上面的枯叶也要一片一片撸得干干净净。地上得一片叶子都没有，清扫到可以光着脚板走路的样子，再喷上石硫合剂给地面消毒。冬天清园的工作非常重要，第二年病虫害多不多，全靠现在的努力。

海爸教我什么是管理、计划、安排、教导、执行、检查结果、复盘。而我，教他什么是快乐——看到自己管理的花田一片黄叶都没有，每一株植物都在奋力生长，每个芽点都胀得要流出来，每一行，每一列，整整齐齐，一望无际，看着就很快乐。

这种快乐，我在某天下午的直播间也体会到了。天竺葵黄叶、枯枝、枯花，看起来像一只濒死的小鸟。但在不到一分钟的时间里，我却能让它恢复生机，像换了件新衣裳。打理它，给它一些关注，拔黄叶、去枯点、掐残花，马上就是一条好汉。我想，教书育人莫过于此。

在后区的后区，我看到有四台挖掘机、一台装载机、两辆卡车，正在整理新地。那一刻我的心情一下子复杂起来：挖掘机每工作1个小时需要支付140元，看到它们一挖就是十几天，作为负责人的我，心里不慌是不可能的。收获固然快乐，花钱也的确如流水。

新签的那块地必须年年签，可以说是没有长期保障，但还是要去做。听起来很“二”，海爸一般不干这种事情——显然，这是我的决策。是我一句话说服了他：“生命在于过程，我们不能因为知道生命终将逝去，就不去做现在的努力。”

海爸曾经问我，我的风格是什么，我想最主要的就是大慈寺觉能大师评价我的那句话吧：很“二”。

# 四季种花人

对于我这种乡坝头的人来说，没有过年，就不算新的一年。

春天，铁线莲苹果花开满拱门，儿菜丰收了，得切成片或丝，晒到半干，做成下饭菜。有一天，我正好看到爸爸在翻儿菜干，于是记录下了那一瞬间。

▶ 爸爸在翻儿菜干

海蒂有一年寒假作业的作文题目是“家乡”。我说不好她的家乡在哪里，她生下来便住在三圣乡，住在那儿的小房子里，小桌子上摆了她种的多肉植物。我的父母也生活在那里，还要守着铺子，因此那里的小院就是我们的客厅，我们一家人生活的地方。现在我不敢带海蒂回到那儿去，房子被拆了，一片狼藉，小桌子上的花能卖的都卖了，不能卖的也不知丢到哪里去了。

走出小院就是孩子们的游乐场。海蒂最喜欢荡秋千，她曾经说：“我看到蓝天了，我看到白云了，我可以荡到天那么高……”跷跷板是给两个娃娃玩的，旁边就是一块小菜地，里面种了好多树莓，噜噜妹学说话时天天说：“树莓，树莓。”水池里生活着一只青蛙，永远都在呱呱叫，叫得声嘶力竭，却从来没有母青蛙来合唱。我们搬家离开后，就再没有见着它了。当时的红枫似乎也挖出来种到谁家的花园里了，只有这棵乔木绣球还在，现在正在落叶。花苞已满树，它还在等我们。

我们现在已经不住在三圣乡了。尽管那里住着很是愉快，但房子四面漏风，娃娃们总是生病。后来搬进高楼，也就被关了起来，但心是关不住的。我们总是想起，往年春天来到三圣乡时，虽然还穿着冬装，但是花已盛开。海蒂总在乔木绣球树下反复拉一首《小星星》，然后把这些飘落的花瓣收集起来，又散落开，再收集起来，说要用来堆肥，好回归土地。这是美好且浪漫的瞬间，感觉一年的辛苦都在这一瞬间得到释放。

周末我总是带着孩子们长时间地游走在花园和田野中。海爸会来和我们偶遇，总要停下来一起玩耍一会儿，即使可能只有10分钟。爸爸力气大，孩子们最喜欢的就是举高高、骑马儿。

有天晚上海爸问我："老婆，我们什么时候可以5点钟就下班啊？"他每天总是工作到很晚。我说："没办法，我们要付出不亚于任何人的努力才行。"只有努力种花，才能在开花的时候备感珍惜，觉得幸福和享受。

大丽花真的好美，美在夏天最炎热的时候。巨大的花朵挺立在枝头，每一片花瓣都像卫兵一样排着队，等着我们来检阅。我刚显摆了一下这朵花，一场持续3个小时左右的倾盆大雨接踵而至，花园被淹了，80来个品种的大丽花几乎全军覆没。自此我终于知道，大丽花不耐积水，而且是非常非常不耐受，但这知识的代价真是太大了。有时候我总在想，是不是感觉到幸福也要在无人的地方捂着嘴偷偷地笑，以免被上天发现了啊？

花园里的大丽花泡了水救不了，但田里的盆栽要救。那时大雨刚变小，还没有停，我们用空心砖把盆栽垫起来。虽然不知究竟有没有用，但还是要去做。就算没有用，至少努力挣扎过。

后来事实表明，月季被持续的大雨淹了28个小时，半天之后水退掉，喷杀菌剂消毒有用，月季一株都没有死亡。得到的结论是，月季的耐积水性是好的。花园里的月季没有喷药，全都得了黑斑病，但是不影响基本面，现在已经修剪到位，明年又是一条好汉。只要活着，就有机会翻身。

从这个角度看，我特别偏爱早春，气温低，花园里没有任何病虫

英式花园的大花飞燕草、姬小菊、松果菊等

害。虽然还感觉不到任何花开，但花似乎无处不在。有时候我会独自起个大早，跑到花园去溜达；因为兴奋，连做梦都是这些要起花苞的花儿，这些露珠，以及远方的薄雾。离3月初仅有一个多月了，过了大年，花园里的各种植物就要像演员一样，全然排列就绪，等着表演给我看了。

2018年，在新西兰的爱丽丝花园，有一个角落令我难忘——那里没有一种植物是名贵的。植物没有贵贱，没有高下，它们是花园里的一种元素，是材料。如何去了解它们、应用它们，才是我应该做的。自己的花园不够理想，怪植物不够好，是不可取的。

在造园艺术里，要表达的内容才是关键，植物是内容的表达方式。不过分追求植物的品种，欣赏每一种植物独特的一面，创造独一无二的花园气质，才能引发观者的情感共鸣。能让人想到自己的妈妈、故乡和流逝的时光，那才是真的好花园。

我们去新西兰渔夫湾花园的那天，风大雨大。峭壁上的花园本来是面朝大海的，但我们只能雾里看花，看不真切。后来所有同伴都转身离去，只留我一人独自回望这花园。这些不真切的，待走近的，像远方，像诗，让我想要探寻下去。

花园无论经历多冷的冬天，终究会迎来春天。

# 中式村舍花园

我想建一座关于我家乡的花园，让它成为中式乡村风格花园的代表。

花园里会有一间小小的石头房子，由我家乡的条石砌就。有一扇木窗，窗边爬满蔷薇花。房子侧面有一个柴房，对于花园而言就是昆虫屋了。房子后面有一丛竹林，竹林前面是菜地，菜地里有一株巨大的杏树，春天开满杏花。

房子前面有小院，三合土地面，院子用粗细不一的棍子做篱笆，上面再爬一株金银花。院子里用土盆种几株“炮打四门”，再有一些家乡的特产蕨类。院里有一小块地，地里种几丛蜀葵，几株比脸还大的红苕花或是大丽花，还有鸡冠花、一串红、百日草、波斯菊、胭脂花、指甲花，还有野棉花、野生铁线莲、野生刺梨、秋日野黄菊、蓝色姬小菊，这些关乎儿时记忆的小花小草。

院子外有石头砌的田埂，田埂边上也有一些花草。那些适合于我们老家的花，例如瓦松、地被福禄考、菊花、锦带、绣线菊等，当然还有野生的猪屁股（鱼腥草），请允许我全都种上一株。田埂的下方是一块田地，春天种油菜花，夏天种稻谷。

菜地里想种一些向日葵，安插一个稻草人，四季要有不同的鲜蔬。还要在院子里种一株柏树，在院子后方的竹林边堆一个草垛。田外面会有一条小河，很小很小，似溪水流过，有睡莲开花，小鱼悠游。河边会有一棵柳树，一棵枫树，还有一些细细小小的观赏草，很原野，很乡村，很老家。

还要在院子里留一面墙给孩子画画，摆上小秋千、竹制的桌椅，要有葡萄架，还要有一株樱桃树、一株蜜橘、一株红橘。

石头房子里有什么呢？我想放一个又土又旧的八仙桌，有斗柜，有碗柜，有椅子——是的，石头房子是一个餐厅，是一家人劳累了一天后相聚的地方。里面一定要有一丛文竹，还有君子兰和菖蒲。

说了这么多，其实这就是我从小长大的地方。我忘却了父母打在我身上的成长的痛楚，只记得这些诗意：我的中式乡村花园。

▼花园图书馆的村舍花园设计稿

# 浇水

种花10年以后，我才明白浇水的重要性。植物的根系和土壤一直是活的，一直在呼吸，一直在与空气交换氧气。

人有记忆来证明一生的成长。那植物的记忆在哪里？叶子、脉络、花朵都记录了阳光、空气、雨露、温度，还有你曾爱它的证明。

夏天，天气热得火辣辣的，人且受不了，植物也一样。试想一下，37摄氏度的高温，站在外面一天，连水都喝不到一口，人会如何？

所以，夏季只要出了大太阳，植物就需要浇水。甚至一直下雨的时候，盆栽依然需要浇水，因为暴雨一般打在叶片上就弹开了，花盆里还是干的。

浇水，要找到弹棉花一样的节奏，或是一边听着嗨歌一边浇水！

跟我来：

龙沙宝石根部点五秒，

再在叶子上飘一飘；

绣球单手拢着腰，

▲ 给中华木绣球浇水

根部绕圈点十秒，

中心停顿摇一摇；

草花不要对着脑袋搞，

小心冲成秃子了；

……

我总是想给这段拍个视频，看来是时候找个作曲，再找个说唱歌手了。

# 虫屋：给孩子的一平方米乐园

一早想到花园里被天牛啃死的大量无花果树，还有被刺了几十个洞、被拉了大堆虫屎的苹果树，心里着实难过。突然想到在英国看到的儿童虫屋作品，我何不做一个虫屋呢？

花园里有的甲虫是植食性的（主要吃树汁、根茎、叶片），还有些虫是肉食性的。一物降一物嘛。例如瓢虫、螳螂，总是吃些坏虫子；如果没有这些坏虫子，益虫也不会有生存的空间。

准备虫屋的材料特别简单，用家里的旧物就足够了：冬天修剪下来的树枝、支撑过大丽花的旧竹棍子（带空心洞）、一些枯树叶子、物流用的旧木板、吃剩下的苹果核（主要是用来喂毛毛虫和蚂蚁，甜食对虫子来说是上等美食，吃饱了就不会去祸害叶子）等等。制作虫屋是个亲子游戏，上幼儿园的娃娃就可以参与讨论，画设计图，动手制作，并装饰起来，日后都是家庭的美好回忆。虫屋亦是鸟儿们的绝佳去处，可以为它们准备好吃的小米和瓜子。

我打算晚上就给海蒂和噜噜看这些图，请她们画一个新的款式，周末就动手玩起来了。用海爸的话说，漂亮与否无所谓，这总比看电视强。

▶ 英国威斯利花园里的虫屋

ONLY £1.99!
NEW
HONEY MONSTER
£2.59
Nestlé
Cheerios
To all our parents, we have created a beecoming display with all your donations.
amazed at our great gar
Common Playgroup
Rotary

# 家人与初夏

## 礼物

从海蒂开始上幼儿园，我就想尽一切办法哄她，不然她可以从起床那一瞬间开始号叫：“我不要上幼儿园！！！”我哄她的办法很简单，每天接她的时候都带礼物。

一两岁的孩子可真是单纯啊，我给她的礼物有：

一朵玫瑰——你看这玫瑰叶子是心形的，味道好香甜啊，喜欢吗？

一片树叶——你看这叶子是渐变色的，上面还打了蜡呢，你闻闻有没有味道？可以做成书签哟！

一枚鹅卵石——哇，这是一块宝石哟，里面有一个秘密。

一颗糖——什么都不必说就开心了，这一颗糖或一个水果通常都是别人给我的，我就一直放在口袋里等海蒂。

有时候什么都忘掉了，接她的时候才想到礼物这事儿，怎么办？这可难不倒我，抬头望天，突然飞来几只麻雀：“呀，你快看，这是妈妈送给你的麻雀！”

爸爸随手指着天：“看，蓝天是爸爸送给你的礼物！”

小姨顺口来一句："哇，白云是小姨给你的礼物！"

小海蒂高兴得不得了。直到今天，她一看到麻雀就会兴奋："妈妈，那是你送给我的麻雀。"有时候连麻雀也没有飞过，我就会给她一个拥抱，说这就是妈妈的礼物。

但是噜噜妹就没有这么好哄了。如果带朵花给她，她会说："哼，这不是礼物，只有玩具和吃的才算礼物。"

我想亲亲她当礼物，她把脸转到一边，并指着街边的面包店说："那边有个空车位，我要买仔仔蛋糕！"

## 噜噜妹

噜噜妹很特别，她从1岁多开始就喜欢蛇、恐龙、蜥蜴、鳄鱼，从1岁10个月开始就有了丰富的语言：“妈妈，外面黑黢黢的，我好害怕呀。”5岁，噜噜给我提供了母亲节海报文案：“妈妈，我对你的爱从地面一直到宇宙，比无穷多还要多。”

她想要做成什么，从来都不会失败。1岁多开始要去寻找恐龙，每天早上起来都说：“妈妈，我要去找恐龙。”每天念叨三次以上，终于，我带她去了两次海滨城，两次自贡恐龙博物馆。可她认为这些都不算，继续念叨着找恐龙。我又带她去碧峰峡，先看老虎，再看狮子猴子斑马，然后猛地一转弯，看见一只巨大的橡胶恐龙，发出“啊呜”的嘶鸣。她去摸了摸，开心极了，终于找到了。从此，她再也没有提过寻找恐龙。

有一年冬天，她想养一只三花猫，每天都会从不同角度提到猫三次以上。有一次，我们在回家的路上边走边聊。

我问：“噜噜妹，你为什么喜欢趴趴呀？”（因为她总是双手趴在沙发上，双脚离地，十分钟便满头大汗。）

她说：“趴趴很快乐呀，我觉得很舒服，然后就会想着好吃的、好玩的，还会常常做白日梦，梦到那些我想要却没有得到的美好事物。”

我问：“是什么没有得到的美好事物呢，娃娃？”

她说：“我想要的猫咪呀，我想要的三花猫呀……”

我：“……”

## 爸爸

我爸爸年轻时在兰州当兵，是个暴脾气。我看他年轻时的照片，脸

▲ 爸爸给噜噜做的恐龙

上还有胭脂，或许是用当时的修图技术加在照片上的。

他年轻的时候当过木工、泥瓦工；养过鱼，种过蜜橘，种过甘蔗。技多不压身，但技多不专就不好糊口了。就算他力拔山兮气盖世，随时挑担两百斤，养活三个孩子也难。实在艰难时他也想下海，还当过包工头，就是没赚着什么钱，人还长年不着家，我妈就更辛苦了。但我弟弟却有了吹牛皮的本钱："我家里很有钱的，我爸爸是包工头，他半夜回来，扛回来一麻袋一麻袋的钱。"到现在我都没有想明白，这一麻袋一麻袋的钱，藏在哪里了？

据我妈说，我爸很爱娃娃，我个人对此体会不深，因为小时候被我妈打，痛在皮上，一会儿就好了；被我爸打一次，就是痛在心里和骨头里了。

上初中的时候，我上学放学一共要走16里路，还没有走到一半天就全黑了，让我很是害怕。那次，我爸来接我，站在我回家必经之路旁边的山顶，一直吼："唔娃！唔娃！"荡气回肠。我远远地听到，以为是哪个癫子来了，吓得风一样地逃跑。

现在我才相信他是爱娃娃的。他会花几天时间给噜噜妹造一条恐龙，给海蒂建三米高的秋千，还笑眯眯地看她们玩。

## 夏天

相较4月的热闹与疲惫，5月像是青春期的孩子，叛逆且不墨守成规。但你别不承认，这种样子真是有别样的美丽。

3月份的花园高30厘米，那是郁金香的高度；4月份的花园高80厘米，那是直立型月季的高度；5月份的花园就变成了100~200厘米，那是百子莲、百合、绣球、醉鱼草、鼠尾草、三角梅的高度。

对于置身闹市区的人来说，冷啖杯、小龙虾、光膀子、夜啤酒是夏天。对于毕业生来说，离别、告白、忐忑的心是夏天，他们要努力学习，努力恋爱，注意不到街头的花都高了。花园里的蚊子越发多了，蜘蛛和癞蛤蟆也多了。

春天的蚜虫白粉病过去了，终于松了一口气，接下来要面对的是红蜘蛛、羽化的蚧壳虫（5月也正是一年中整治蚧壳虫最好的月份）、下雨后的黑斑病、太阳晒斑、蝴蝶飞过后留下的青虫，以及正在疯狂吃根系的天牛。植物与虫在争斗，各自为了生存，没有对错。

夏天的夜晚热闹且神秘，蝙蝠低空盘旋找虫子吃，甲壳虫夜间飞舞交配。试试晚上打着手电筒看花园？恭喜你，你会发现花园已经被虫虫占领。我喜欢这种竞争，像是一场比赛，各自精彩。

任何时候花园都不会尽如人意，无论付出多少努力，总有毛病，像极了人生。但任何时候花园里都能找到美好，无论历经多少挫折，花总会盛开，也像极了人生。

▶ 夏日花园里的青蛙

# 关于食物的六个故事

最近我在教海蒂写作文，其中最重要的是描写，不是给出一些“好好呀”“好漂亮呀”之类的空洞结论。我给她讲了我童年里六个关于食物的故事，试着冷静地描绘，还原我的童年。

## 故事一：落花生

我妹妹小我8岁。她3岁多的时候，有一天出去玩耍，回来时脸色不好，想哭却不敢哭，手背在后面不敢拿出来。我妈觉得不对，一看她手背上有一个1厘米左右的洞，还在流血。

原来，她和其他大娃娃一起去挖野花生（就是收获过后，地里没挖干净发了芽的花生），她找到一颗去挖的时候，其他大娃娃的小锄头刚好砸在她手上，砸出一个洞，流着血，但她不敢哭，怕挨打。妈妈抹着泪给妹妹擦药酒，包了纱布，过些天也就好了。不过，现在我妹妹手上还有一个疤，永远都消除不了。

妈妈很难过。第二年开辟了一片10平方米左右的石谷地，给我们种了花生。暑假我妈带着三个娃去挖花生，却发现早被人挖过了，大颗

的全被拔走，只在旁边大石头上留了一大堆吃剩的花生壳。

我坐在那块大石头上抹掉泥巴剥花生吃，还别说，贼甜。那天我们一共收获了一小簸箕，妈妈搭了个高板凳晒起来。没过一会儿，三个娃就打起架来，因为分花生不均，有人多几颗，有人少几颗。妈妈从厨房出来，一言不发，把整簸箕花生全倒了！三个娃立马不打架了，马上冲出去捡花生！我一共捡到一小捧，还是开心的，吃着很香。

之后多年，妈妈再没有种过花生。后来我长大了，上班了，每次回家她总要给我准备一麻袋花生。她也许不知道，我早就不爱吃花生了。

## 故事二：老母猪地瓜

我的老家是资阳，属丘陵地貌，一到农历六月六，野生地瓜就会熟

透，软软糯糯、香香甜甜的，皮又薄，汁儿又多。现在回味起来，和花园里7月份成熟到十分的无花果差不多美味。

我上初中前，一直都是带着妹妹去刨地瓜的。我初中住校以后，她就和其他小伙伴漫山遍野刨地瓜。有一次妈妈回家，看到她在床上躺着，几乎昏迷，才知道她吃老母猪地瓜中毒了。老母猪地瓜和野生地瓜基本长得一样，只是硬一些，大一些，籽粗一些，她还太小，根本分不清。

我爸爸看着昏迷的小女儿手足无措，想把她弄去街上就医，身上又摸不出来一分钱。还是妈妈当机立断："走，其他你不要管，只管把我女儿背起上街，去医院！"

我是好久以后回家才得知，妈妈当时心里想的是："我在街上还有

▲ 爸爸和妈妈在修剪绿篱

哥哥，哥哥开了诊所，我可以找他借钱去！孩子她爸爸不晓得我身上其实有钱的，有十多块呢！”

## 故事三：板鸭

我妈妈的生日是正月二十五，刚刚过完大年不久。

约莫在15岁以前，我是没有吃过板鸭的，只听同学形容过那味道：香的，要小心点吃，不然会满嘴流油！我一直在想，所谓板鸭，估计是某个鸭的品种？或是把鸭肉取下来，压上很多书，就会压成板？

有一次，刚过完年没几天，妈妈就念叨生日的时候要买一只板鸭吃。那是因为辛苦了大半年存到钱了，足足有三十二块。她在内裤边上缝了一个小红布口袋，有松紧收口，一直把这些票子贴身保存着，卷起来还是很大的一坨呢。可就在生日前两天，她突然发现，钱丢了！也许是在井边弯腰打水时掉了，也许是上山背猪草时弯腰掉出来了，也许是烧火做饭时钱掉进柴堆了……

从此她总是埋头走路，看到东西就要翻一翻，看看钱在不在那里。终究还是没有找到，终于还是没有买成板鸭。

我根本记不起第一次吃板鸭是在什么时候，也许是20多岁。每次吃到好吃的板鸭、甜皮鸭、卤鸭，我总是想法子给我妈带一只。我总认为她是喜欢吃板鸭的。

## 故事四：回锅肉和酸菜鱼

我10多岁时，爸爸去雅安农场打工。挣没挣到钱我不知道，却弄回来了好多木料，有着天然的香气。那会儿我们要打一套家具，衣柜、高低柜、八仙桌等，要请两三个木匠。印象里，一整个冬天木匠都在锯木头，我们有很多刨花可以玩。请木匠是要包餐的，甭管中午还是晚上，总会有点油腥和肉。

我每天晚上回家都要和妈妈抬着红苕去河里洗，然后回来烧火煮猪食。我妈妈总说："敏娃，你加油喂猪，等卖了猪好给你交学费。"

至于我爸爸，他每天晚上都要陪木匠们喝一杯。通常会有两道菜：回锅肉和酸菜鱼。一般来说，头一天晚上只吃里面的酸菜和蒜苗，这样的话，剩下的肉和鱼第二天还可以加些菜回锅。

我和妈妈抬着红苕，我这一头轻，她那一头重。我跑得飞快，妈妈说："你慢点，跑那么快干啥子？"我说："不跑快点，回到家肉都被他们干光了！"直到现在，我妈还在嘲笑我好吃。

## 故事五：油汤汤

我爸爸兄弟姐妹六个，数他的幺弟最厉害，读书也多，高中毕业就到公社当了文书。

文书，或是书记，一听就很厉害，我小时候完全是仰望叔叔的。有一次我考试得了高分，过年他还奖励我五元钱，全是连号的崭新票子，一点儿褶皱都没有呢！后来他结婚了，去了大佛寺乡上工作，印象中我还带着弟弟去他那里玩过。

幺娘请我们吃饭，菜都是从馆子里端的。"馆子"这个词对我来说是高级的，我一直在幻想，水管（馆）子那么细，怎么能让人进去吃饭呢？竟然里面还有肝腰合炒、鱼香肉丝、土豆丝、蛋汤……

品尝一口，我的天哪，全是没吃过的美味，比我妈妈做的好吃多了，关键是每一片肉都被油浸泡着，油亮油亮的！我吃到肚子都溜圆了，像家里的鹅吃草一样，直接顶到了脖子！吃完之后，盘子里还有好多油汤汤，可幺娘竟然把这些都倒进了潲水桶。我的心都在滴血，好想打包回家吃面啊！

回家跟我妈说起这事，还觉得遗憾，应该打包回来的！可以做油油饭，做面条，或是烧个土豆呢！

## 故事六：荷包蛋

小的时候家里会来客人，每个客人都很尊贵。赶上特别尊贵的，我妈妈会特别安排我去“烧开水”，就是烧开了水打荷包蛋的意思。

我很会烧火，鸡蛋打进锅里总会起大量泡沫，洁白、细腻、爽滑。蛋端出去给客人吃，我就在厨房里吃泡沫。我很喜欢吃荷包蛋，放点醪糟、一小块猪油和一些白糖，蛋不能煮太老，溏心刚凝固，趁热用勺子吃。天下美味。

我怀海蒂时，每天晚上吃三个，海蒂就长成了巨大儿。我跟海爸说起我小时候只能在大年初一、生日、考试当天这几个日子才有蛋吃。他却说：“我最厌烦吃蛋了，小时候每天上学前，我妈一定要让我吃一个白蛋，不吃就不准走！”他比我大6岁，我小时候家里连蛋都吃不起，他却天天吃到干呕！

我给了他一个白眼：“你这是在跟我低调炫富！”

爸爸和我在爬满苹果花的白房子

# 我的二十年

十多年前，我在电脑城工作，卖电脑、组装台式机等。这行的竞争比保险公司还激烈，基本上每次有顾客经过，都能听见所有柜台在喊："老师，看电脑吗？我这边有新款！"

当时毕业后找工作不易，每天穿着雪白的裙子，还得被溅一身泥。一日两餐，只吃馒头，用矿泉水瓶装凉白开。我应聘过商场促销员、饼干厂工人、火锅店服务员，别人都被录取了，只有我被拒了。我还尝试做过保险公司业务员、广告公司业务员，卖过投影仪……感情生活也是一团糟，令人窒息，毫无指望。

我已经记不起来是哪年夏天了。那时的我刚结束一段恋情，我问他："你告诉我一句实话，你爱过我吗？"

他回答："我从来没有爱过你。其实你做的菜也不好吃。"

后来，我拖着行李箱走了。手上只有千把块钱，要找新工作，还要租房子，生活艰难到吃饭都困难，吃蛋都奢侈。工作异常不顺利，曾经引以为傲的销售能力"化成水"。同事谈单的时候，会有别的同事刻意把我叫走，就是因为有我在，多说一句话，客人就不会购买！于是，我没干到一个月就被解雇了。

找到新工作的事遥遥无期，除了负面情绪，别的也没学来。下雨说天气不好，出太阳说太热，阴天嫌没有蓝天白云，总之都是心情不好的日子。

后来，我常常抬头看成都。那时候马路两边都是梧桐树，春天来了就摘一片叶子夹进日记本，秋天来了再捡一片夹进去。渐渐地，我会因为吃到一个锅盔而开心一整天，也常常去夜市买旧书看，看得泪流满面——为自己，也为别人。

后来我开始上论坛，看到时间老师的花，整个阳台都是百万小铃，突然就激动起来。我突然明白，这就是我想要的生活。我把他的每一个帖子翻出来看，看到苗苗从小到大的全过程，那是一种多美多努力的姿态啊！

后来，我的境况竟一天天好起来，可以吃得起一碗面了；慢慢地，面里还可以加五块钱的牛肉。想奖励自己的时候，早餐甚至可以花六块钱买个面包！没过多久，7 月份的时候，室友搬走了，我张贴了合租启事。某个下午，我接到一个电话："我是来看房子的，已经到楼下了！"

当时我左手拎着一个无盖主机，右手拎着一个主机，两天没有洗头了，汗如雨下。拎不动的时候就两台主机一起抱着，用肚子顶起来会多少轻松一些。就在我用力顶到最高点的时候，抬头看到了一个帅哥正在等我。天哪！我有点手足无措。就这样，在全无准备的情况下，我遇见了要过一辈子的人。

房子里乱七八糟，到处是垃圾，人也灰头土脸。我妹妹拿出一根小布丁冰棍儿（五毛钱一根，太奢侈了），帅哥一边吃冰棍儿一边说："这

个房子我要了！”当天晚上他搬来一个整理箱，就这样安顿下来了。

第二天晚上我下班回来，煮了一锅烫饭（鸡蛋和火腿肠炒一炒，放上头一天的冷饭，再加点白菜煮成汤），就着泡菜吃。他开门回来，我随口一问，你吃了没？他说，没有。我一抽风：“那你要不将就吃点？”

他坐下来，吃得喷香，掉了一粒在桌子上，也拾起来放进嘴里，还表扬泡菜好吃，烫饭也很香。吃完以后，他把厨房收拾得锃亮，闪闪发光。

两年后，我们结了婚，生育了两个女儿，用女儿的名字命名了我们的事业，种下了数以千计的植物。我们一起去看了高山上的花、大海边的花。我们一起笑，一起面对困难，互相温暖与安慰对方。

后来我们开始创业。因为知道自己没有退路，某一天我突然生出一种使命感，不断学习，持续创新。创业多年，13.5平方米的店发展到现在近200亩的基地，支撑了我的事业的是兴趣，也是那些陪伴我度过青春灰色日子的植物。

我常常想，人和植物一样，有自己的根。人越是经历苦难，越是痛苦，就越是孤独，就像冬天的植物，无声无息，没有任何人发现。但我们都知道，根的深度和广度决定了整个春天的吸收与绽放。没有任何人的一生是平坦又舒服的，人生而抗争。只有死命抵抗负面、消极、沮丧，甚至绝望，我们才能迎来春天。

我现在42岁，有两个女儿，每天和老公一起工作，父母也是同事。人生是盒巧克力，我们永远不知道下一颗是什么味道，拐个弯也许就会好起来。

# 02

# 亲手打造梦想中的花园

Dreamland

# 造园的五个维度

喜欢植物是与生俱来的能力，我很幸运得到了这种能力。回想十几年来种花的经历，我总结了造园的五个维度：因地制宜、四季变换、五种感觉、生态平衡、气质非凡。

## 因地制宜

简单来说，因地制宜指的是栽种植物要考虑气候和环境，种合适的植物，而不是贵的或自己喜欢的。各种环境都有与之相匹配的植物，高山的雪线以下都有植物存活，极地也有短暂的春天。

南方没有低温春化，有些植物不能年年开花，但南方仍有翡翠葛（花序是绿松石般的蓝色）、三角梅和各种阔叶植物。北方的冬天严寒，树干上有大眼睛的白桦只能在北方出彩。长三角地区有雨——绵绵细雨、倾盆大雨、台风、梅雨，但依然养育了品质最好的杨梅。不必羡慕云南和西昌这些开挂地区。要知道，云南偶有龙卷风，会遇到低温天气，如果没有准备，低温会造成巨大危害。西昌有风季和雨季，鬼哭狼嚎，暴雨狂风。记得柳妈曾给我写信说：“西昌这个月下了一场雨，这场雨下了30天……”

即使同一座花园里的植物，也分东南西北，也有阴凉和炽热，有湿润和干燥。因此，要种对的、适合的植物。如果喜欢某种植物，却又不具备栽种条件，就需要想尽办法达到植物需要的生长条件，这是造园的最大前提。

比如，恐龙花园全都是抬高的花池，发大水的时候植物便不会被淹；荷花等水生植物种植在池塘里，就完全不需要打理了；有一个陡坡，那种绣球再合适不过了；绣球喜欢半阴，那就种几棵大树，再设置一个流动的水景，这样就可以增加空气湿度，营造湿润的小环境；喜欢百子莲，就把最好的光照留给它；熊猫堇是上好的地被植物，全年开花不断，但如果把它混种在花境里，就成了入侵植物了。

为了正确地养护你的植物，要多花些时间了解它们，也要相信最牛的人也会有无数次失败的种植经历。谁家里没有几个空盆呢？要勇敢地尝试，大不了从头再来。我记得很清楚，2018年7月的一天下了暴雨，因为排水不及时，有80来种大丽花在两个小时内因积水而亡。伤心之余，我也获得了宝贵的经验。

在我的花园里，有一部分是抬高的花池，有一些是挖下去的水池，这些都是为了讨好植物们而设计的。喜欢小球根，就抬高花池并将石头垫在底层，设置小的坡度有利于排水。小环境里的植物，可以通过修剪来控制体态，不抢占其他植物的地盘。因地制宜是种好花的前提。首先要把植物种活、种好，才谈得上美，对吗？

欣赏花园，要用心，不能紧抱固有思维。要像去一个新的地方品尝美食一样，带着欣赏而非评判的心态。花开的时候自然美丽，花落的时

候也很美。此外，我的主张是，花园不能一次美炸天，要像舞台剧，徐徐拉开大幕，每个演员列队依次登台，聚光灯会分别照在他们身上。花园里的植物，有的一直平凡如配角，却能在某一时刻突然闪亮，成为焦点。所以在配置植物的时候，一定要考虑花期，这一点很重要。

了解你花园里的植物在每个季节的状态，有利于给它们安排合适的栽种位置。同样的植物，让不同的人来栽种，会得到完全不同的效果。植物就是一种花园的基础材料，就像我们做菜的肉和酱油一样，但每个妈妈做出来的饭味道都是不同的。

## 四季变换

不要在冬天把植物丢掉。我的铁线莲花园，当不计其数的花朵盛开时，有谁会想起它冬天时的样子呢？在一年的十二个月里，植物依次登场，它们会在不同的时节成为焦点。

1月，细叶芒在冬日晨光下闪亮。多数观赏草的盛花期是秋季。我把细叶芒当成冬天的焦点，因为它可以捕捉光；而野棉花的花序则给人带来一丝温暖。

1月的严寒下也有新的生机。八宝景天的“孩子”，一个个迫不及待地从土中探出头来。

1月也是审视花园的最好时间，当一切归于平静，就容易看出花园的本质。欣赏常绿植物和花园结构时，还可以收获新鲜的丑柑、椪柑和红橘。

春节期间，银叶金合欢处于盛花期，注意不要积水，不要被大风吹倒，不要太冷。

爆籽的八宝景天

2月初有最好的瑞香季，香气袭人，整个花园都是它迷人的气味。

2月还是小球根的天下，花不大，但是在其他花还没开的时候就绽放，占尽先机，成为焦点。

2月也是粑粑柑最甜、水分最足的时候。

3月，乔木绣球达到盛花期，常绿铁线莲也登场了。铁线莲苹果花和雪舞的香气像柑橘一样，带着甜蜜，蜜蜂们可以来饱餐。

这时气温回升，花园里的多数植物开始变绿，观果类乔木开花：李子、桃树、梨树、苹果、杏、海棠、樱花……这是春天感最为强烈的一个月，每一天都让人兴奋，铁线莲会以每天5厘米的速度生长。

3月的月季绣球有着最美的嫩芽，在此时欣赏叶片，比在盛花时观

赏更让人激动。落叶灌木开始发芽，多年生宿根长出叶片，最嫩绿、最闪亮。3月的绿色有千百种，最好的画家也调不出这些绿色。

3月下旬，大花铁线莲迎接盛花期，微凉的风吹在身上，起了鸡皮疙瘩，很舒服。

3月是自然球球根的天下，洋水仙、郁金香、风信子、番红花，它们带来春的信息。玫瑰花叶片爬满每一个枝头，毛地黄、大花飞燕草初开。

有一句话是最美人间四月天。没有蚊虫，气温适宜，每一天、每一分、每一秒都那么珍贵。

这是园丁最享受的一个月，建议请假一周，就待在花园里，哪里都

不要去，静静地看每一朵花。每当这个时候，我们都会开花园节，开放花园，让爱好者和园丁们聚在一起。我们听音乐，喝啤酒。

4月初是花灌木最美的时刻，满枝头的花，浓密得让人看不到叶片，尽管它们一年只开一次。

4月的主角当之无愧地是玫瑰花。当玫瑰花开的时候，我的眼里很难有其他，它的香味和柔软吸引我不由自主地想要靠近。

4月，小荷才露尖尖角，也可以吃到新鲜的樱桃了。

5月是绣球花的天下，最早开的是大花绣球，贝拉安娜绣球和圆锥绣球也不甘落后。

5月，气温升高，低矮的植物成了配角，球根植物的叶片开始黄化，准备休眠。高大的植物开始发力，这时的花园和3月的比起来，仿佛不是同一座。

5月的花园像丛林，开始出汗，有些黏；如果停留下来，可以把自己想象成一棵树，静静地沐浴阳光，便能享受到花园的乐趣。

大花萱草迎来花期，蒲棒菊长得比人还高，这是一种需要仰视的花。朱顶红在5月初开，5月可以收获新鲜的桃子、杏。

6月的花园比4月的还好看，直立型月季第二次盛开，高度比4月的更为理想，丰满了许多。4月第一次开花后及时修剪施肥，6月的花量会比初开时的还要大。百合花、大花萱草、百子莲、大丽花要开始表演了。6月可以收获新鲜的李子，石榴花开。

7月的花园，知了在大声地叫唤，让人有点烦躁，但这时却是花园水景最美的时候，睡莲、荷花、千屈菜、青蛙和蜻蜓给花园带来动感。

8月有点尴尬，只有观赏草初开。过不了多久就会入秋，气温不可逆转地走低，圆锥绣球修剪过后会开第二轮。月季的花量和春季的差不多大。

8月常常碧空如洗。行走在花园里可以消耗卡路里，常常热得满头大汗。夜晚走过可以听到秋虫鸣唱，别有一番风味。

吃梨子的时候到了。

9月，孩子们上学了。入秋之后，温差变大，无尽夏在5月修剪过，这个月又开花了。

野棉花、龙胆、紫菀、细叶芒、粉黛乱子草花初开，这些一直不起眼的植物突然开始亮眼。

花园里的苹果开始变粉了，枣子也熟了。

▼毛地黄和月季粉色沙龙宝石、铁线莲蜂蜜之恋

10月新开的花不多，只有少数几个品种的野棉花。但由于温差变得更大，圆锥绣球开始变粉。

秋意很浓，观叶植物逐渐变色。

10月也是欣赏绣球颜色的季节。色彩的变化，有着厚重的触感。

蜜橘甜了。

11月，萧瑟的感觉特别强烈，天高云淡，这是我的生日月。植物在拼命吸收阳光，让自己的木质化程度更高一些，以抵御即将来临的寒冷。

这是吃橙子的好时节，花园里结了好多，刚变黄就被摘光了。

12月打霜了。打霜的时候，我带孩子们去踩霜，嘎吱嘎吱，硬邦邦

的，有着冬日的趣味。

花园里的活儿多了，越是冬天，就越忙碌。

## 五种感觉

视觉、听觉、触觉、味觉与嗅觉组成了我们的感觉世界。这会让我想到几个和花园有关的词：色彩搭配、鸟叫虫鸣、绵软细致、芬芳迷人。

我想从这五感的角度来解说一下花园，再聊聊生态，聊聊气质。

## 视觉

色彩搭配有同色系、对比色系等。对于花园来说，如果不知道应该用什么色彩，就建议用白色或绿色。这些都属于花园的留白，会让花园显得更纯粹、更高级。

也可以用弱对比色，如粉色与绿色。而所谓同色系，就是深深浅浅的绿，或是橙色系的火焰美人蕉与火星花，红色系的百合与小檗。

## 听觉

这个难以用图片或文字表达了，只能一个人行走在安静的花园里慢慢感受。有风声呼呼，雨声沙沙，小鸟歌唱，植物也会发声。

种荚里的种子晃动起来，像极了雨声；天牛会发出吱吱声；霜化了，水滴落下来，也有声音。而我们谈笑风生。

## 触觉

花园里好多植物的花和叶是有感觉的，吸引人去触摸互动。

萌萌的兔尾草，人们怎能不被它吸引，伸手摸一把呢？撸起来不要太舒服呦！绵毛水苏的叶片披着茸毛，摸起来有和撸猫一样的触感。植物长成这样，明摆着就是求抚摸的。但当它开花的时候，手感就变差了。针茅比女人的长发更加柔软顺滑，仿佛永远都不会打结。绿篱金禾女贞新发的嫩芽吸引我一路走过来，一路摸过去。

不要担心植物受不了，它其实喜欢得很呢！自己的植物就像自己的孩子一样，倒过来，拎过去，它毫不在意，开心极了。

▲ 金禾女贞和中华木绣球

## 味觉

实际上，我在花园里种了无数香草和各色蔬菜。

我喜欢走到香草那里摸一把，再闻闻手的味道。我会在夏天吸食花蜜——火焰美人蕉的花蜜很甜，就是分量太少了。迷迭香可以用来做香水，只需要把它摘下来，剪碎，泡进水里。

## 嗅觉

任谁也拒绝不了花的香气，永远没有相同的两种气味。

蒲棒菊的气味很特别。月季花有药香、水果香、茶香等，其中“你的眼睛”的香味就是理想中古老玫瑰花的气息。

▲
从左至右依次是：大花萱草、针茅、月季龙舌兰酒、毛地黄

## 生态平衡

人工除草，手动抓虫，坚持两年时间，便可以建立起生态平衡的花园。海蒂和噜噜的花园实验了两年，完全没有打药，植物长势良好，花儿次第而开，昆虫品类繁多，没有大范围病虫害。

想要建立生态平衡的花园？重点来了：

1. 挑选适合环境的植物（多去大自然走走，了解哪些植物适合当地）；

2. 保证尽可能丰富的植物品类，不要种单一植物。大规模种单一植物，不打药基本上是控制不下来的；

3. 种植抗性好的植物，淘汰易生病品种；

4. 生了虫尽可能地忍住，不要打药！要先有害虫，益虫才会来，益虫来了要让它活下来，有害虫才能建立食物链；

5. 栽种吸引害虫的植物，引导蚜虫、红蜘蛛、青虫等去食用，以保护多数植物的安全；

6. 了解一些防病和堆肥改良土壤的方法。

有读者可能会问：在小花园可以吗？在小阳台可以吗？在露台可以吗？我认为大于1平方米的栽种面积都可以建立起生态平衡，这取决于园丁的耐心，以及对环境和植物的了解。有条件的花友可以建一个生态水池，给两栖动物提供生存条件，青蛙、蟾蜍、蜻蜓、豆娘、小鸟，甚至猫和狗都会喜欢。

生态水池唯一的秘密是在池底铺设一层约10厘米厚的泥土，将植物种在土里，不要种在盆里。生态水池的高度尽可能与土壤平齐，让青蛙可以跳出来，不然青蛙会被淹死。

水池生态建立起来之后，白天基本不会有蚊虫，行走在花园里不会被大花脚蚊吸血。水池里一定要养那种最便宜的小鱼，完全不必投食，也不必特殊管理。千万别想着养五公斤重的大鱼——水体小是养不活大鱼的，而且大鱼并不吃蚊子的幼虫。

至于上面提到的吸引害虫的植物，再也没有比地中海荚蒾更能吸引蚜虫的了，蚜虫一整年都在它身上吸食嫩芽汁液。我曾经同时在一株地中海荚蒾上看到了几十只瓢虫，有的在爬，有的在飞，有的刚蜕壳。每个周末我都会带孩子们来看瓢虫，抓一些瓢虫扔到生了蚜虫的月季上。不到一秒钟，它们就开始享用大餐。

花园里有一株苹果树真的可以叫“树坚强”，被天牛钻了40个洞，洞堵上还能活，还结了果。祸不单行，秋天的青虫特别喜欢啃它的叶子，最终叶子被啃得一片不留，可人家第二年春天又起满了花苞。

我种了很多果树，基本上不是为了自己吃，主要是引鸟来，让它们随口打个牙祭，把虫吃了。如果一早来到花园，真的能感觉得到鸟儿像是在开会。我还种下了无数的浆果，藏在各种地方，鸟儿们一旦发现就可以饱餐。苹果其实是蝴蝶和青虫的最爱，蝴蝶最喜欢吃甜的，我为它们而准备。

花园里随时都要提供蜜蜂的生活源，蜜源植物是必须要栽种的。我曾经花了几十块钱买螳螂蛹，结果并没有孵化出来。倒是有了青虫之后，我看到过五六种不同的螳螂。对于红蜘蛛，只要保持花园的湿度，它就没有生存条件了。

月季上长青虫的时候并不多，青虫喜欢吃木槿花叶子；但夏天花开过后，秋季来临，恐龙花园里的两株大木槿树上全是虫，没过多少天就被啃得一片叶子不留。我倒也想得开，反正秋天来了，落叶灌木都是要落叶的。

生态的平衡是容纳适度的破坏，这些并不影响整个花园的美丽，整个花园反而因这些小昆虫而精彩。花园是给所有生物共享的，人只是生物的一种罢了。

不必害怕这些虫，它们最多蜇我们一口。包括蛇，它是不愿意咬人的，因为多代的进化让它明白，咬了人要付出生命的代价。我也在花园里被蜜蜂蜇过，就当免费针灸除湿了。

在生态花园里行走，要小心一点，最好手拿一根小棍敲打提醒，以免惊扰了这些动物。

花园的病害怎么办呢？经验告诉我，白粉病等一点儿都不可怕，植物长大之后，完全可以抵抗。最重要的还是因地制宜地种花，尽量创造合适的环境。

遇到一再种植失败的品种，那一定是不适合这个环境，放弃栽种一点儿也不丢人。植物的种类数以万计，我们仅取喜欢的九牛一毛罢了。

## 气质非凡

气质是个中性词。每个人都有气质，花园也一样。主人的个性不同，环境不同，打造的花园也会不相同。找到自己花园的独一无二之处，就找到了花园的气质。

海蒂和噜噜的花园，因为有我们家庭的故事在里面，所以它独一无二。就算换个地方，也没有办法再造一座一模一样的花园。从栽种第一株植物开始，花园就有了自己的生命力，滋养自己。

花园里种了株高大的月季绯扇，最初是卖到客人家里的，后来因为枝干是弯的，一年之后退还给我。我种上开满了花，放在宽窄巷子里。花谢了以后它又被嫌弃，我把奄奄一息的它拉回来，种在恐龙花园里。第二年春天，它又开满了花回报我。我想，是它在等我，选择了我。这一株开花的树，让这个时候的恐龙花园变得独一无二。

我们修了和三圣乡龙沙墙一样的入口，并从海蒂的花园取来枝条，扦插了两株龙沙种在门口。花园的基因得以延续，这也是独一无二的。

恐龙花园有棵鸡爪槭本要搬到三圣乡去，但拉到双流就支撑不住了，土球也快散了，小心翼翼地搬下来，抬到花园这个位置竟然就不能再前行了，整个儿要散架。那就就地挖坑栽种。它自己选择了这个位置，果然，每年春天都绿得那么惹人爱。

▲ 火焰美人蕉与鸡爪槭下的风铃

这棵树上挂了一个风铃，是丸子小姐从墨尔本带来送给我的。每一次我从它面前经过，风铃都会响起，像钟声一样悠长，那时我就会想起丸子。我在这棵树下放了几个石头凳子，每次走到这里我都想坐下，因为这是最凉快的地方，总有微风轻送。

花园的气质是植物们给予的，是自然，是美好，是绽放。我做了些什么？我只是倾听了它们的声音。

# 海蒂和噜噜的花园

花园名称：海蒂和噜噜的花园

园主：海妈

坐标：四川·成都

园龄：4年

面积：3000平方米

特色：种植超过2000种植物，是一座生态花园，是植物和蝴蝶、蜜蜂、蜻蜓、小鸟、青蛙的乐园

◀ 海蒂、噜噜和我在镜面花园

▶ 噜噜画的猪笼草

有了噜噜妹之后，海蒂常说："妈妈，妈妈，我们把海蒂的花园改成海蒂和噜噜的花园好吗？"我心想，好麻烦，还要改名字，不如我们在基地建一个海蒂和噜噜的花园好了！

就这样，2016年11月30日，我们开始动工建花园。先是大的耕地机来回反复耕，后来在建设过程中，耕好的地又被无情地踩扁了。

花园占地5亩多，分成10个主题花园：摇滚花园、公主花园、蔬菜花园、铁线莲花园、英式花园、镜面花园、恐龙花园、魔法花园、家庭花园、品种展示园。

只有想法，没有设计，连一张完美专业的图纸都没有，就开始干了。那时我每日守着，撒白灰放线，把大块的地分割成各种花园。

我们家习惯于每天晚上夜话，一边泡脚一边聊天。而在建花园期间，话题只有一个：你想要个什么样的花园？

妹妹当时疯狂迷恋恐龙，提出必须建个恐龙花园！对恐龙一无所知的我只好带她们去博物馆找恐龙，特别请来解说员讲述恐龙的故事，又交代我爸说："你要看仔细点哟。我想了一下，你看了回去就做一个恐龙，我放在花园里，这不就是恐龙花园了吗？"

我们对着很多化石讨论，这个好做不？那个好做不？拍了很多照片，我也速写记录了化石的形状，用这些形状砌了花池，高度不尽相同，形态也各异，从上往下看就是一些散落的恐龙骨头。

海爸认为，恐龙花园是10个主题花园中最具设计感的，里面有很多通道，可以欣赏每一株植物的状态。早春有毛地黄，盛夏有松果菊、醉蝶花和喷泉狼尾草，占地仅300平方米的恐龙花园有着最丰富的变化。

这10个主题花园总共栽种了上万株花，每一株都是我亲自摆好位置请人种下的，所以现在长成什么样，开成什么样，在2016年，我心里就已经有数了。

建造恐龙花园时，我们还住在三圣乡海蒂的花园。某一天接了孩子回家，我爸拉着我们献宝似的给我们看他亲手做的恐龙。我哈哈大笑，一家人笑得前仰后合，因为这条恐龙真的好像一条瘦狗啊！大腿的肌肉没有，胸部也不大！但海蒂和噜噜立刻爬上去“驾驾驾”地骑起来，我爸妈高兴极了。这只旧的废木料做的恐龙最终安放在了恐龙花园的C位，成为到此一游的绝佳打卡地。

花园建设是一个漫长的过程，中间有争执、讨论、沟通。多数时候是我无条件地服从了海爸，因为建园事无巨细，都是他在操心。有一天我正在直播，他从旁边经过，我顺口就问：“爸爸，你为什么支持我建花园呢？”他脱口而出：“老婆，你的事就是我的事啊！”那些我不愿意做的苦活累活他都干了，放线、基建、和师傅们沟通，我有什么想法，告诉他，他就会帮我实现。因为家庭给予的巨大能量和支持，我遇到任何困难都不怕，都可以坚持。

有一天，我爸给我打电话说，花市有人正在卖一棵死了的桂圆树，好巴适的哟，很大哟，只要500块！正好花市还有吊车可以帮忙吊哟！我就说，好吧，你买嘛！于是，我们有了一棵巨大的树，一棵价值3万的桂圆树。

一分为三，光是把它弄下车就是巨大的难事，更何况要摆进花园。路漫漫，全靠人力，几乎所有人都出动了，而我则趴在围墙和房顶上看放得对不对。

海蒂画的小矮人的屋也建成了。上面的孔洞是我爸论斤买的，5毛钱一斤，被我做成了窗洞。在最热的七八月，我们可以透过这些洞欣赏外面魔法水池里的荷花。魔法花园里的沙池则是架桥的余料，成了孩子们的乐园。花园里的树屋是我给孩子们建的书房，但她们很少在这里阅读，只在这里玩耍。

海爸引以为傲的镜面花园是他自己设计的。其实就是绿篱、长椅、长水池和几丛百子莲，男人都喜欢这么简单？但他认为这是安静的花园，充满几何感！

好多人问："海妈，你是如何做到带着两个娃娃还做事业的呢？还能兼顾写作？"

除了孩子们上学的时候，其他时间我都陪在她们身边。某个周末晚上的11点46分，娃娃们还在聊天，等着我去陪睡。早上她们还在睡的

▼ 魔法水池旁的小矮人屋

时候，我就起床工作了，待她们叫我，我就去陪着她们。我想孩子只需要父母在身边，叫一声就有回应的那种安全感吧。我总觉得，孩子只要和父母在一起，做什么都是快乐的，哪怕只是玩泥巴。

花园的春天每天都是人来人往，充满了各种欣喜和喜悦。但在冬天，就只有我们在里面，因为还有太多该干的活儿，直至春节。有人问我，你的花园什么时候最美？在我眼里，花园一直都很美，哪怕在冬天也觉得好看。我对泥土痴迷，总觉得里面能长出各种奇异的花来。

冬天，种满了玫瑰花的爬架还一片荒芜；短短不到一年的光景，爬藤月季已经基本爬满了拱架。这样的变化谁能相信呢？功夫是下在哪里了呢？是泥土，是介质，是管理，是日复一日的看望和照顾。

造园不是一日之功。头一年刚开花时，拱门空空的，月季才爬了一半，到了第二年盛夏就疯狂地生长。等到了约定的日子，这些花会刚刚好，一点不多一点不少地绽放。

每棵爬藤月季下面都种了铁线莲，在种之前是给它们“梳过头”的，还为了节约时间给它们剪了“短发”。栽种之时，来回踏平土地、多次翻地是有必要的。此外，每一株大月季下面都挖了大于土球两倍的坑，往里面填上泥炭土。这原本就是最好的良田，时间会给出答案。

3月航拍的花园，是不是好像闪着金光？原来是绿篱金禾女贞长成了，在春天，它们和油菜花一样美丽。

Tips

## 小贴士：绣球的养护

▶（上）无尽夏

▶（下）圆锥绣球石灰灯

在夏季气温高于33摄氏度的时候，需要做大花绣球的遮阴处理，这样可以延长它的花期，否则叶片花朵很容易因为光照过强而被灼伤。

绣球中还有一类叫作圆锥绣球。圆锥绣球的花期在夏天，在四川、贵州以及部分东部地区，6月初可以进行一波修剪。只要给它们充足的光照和肥料，就可以在秋季复花。

大花绣球有几个品种值得尝试。第一个是无尽夏系列，它对温度的要求不是很高，新老枝可以反复开花。第二个品种是魔幻紫水晶，这个品种的每一个花瓣都有无穷的变化，整个花球给人感觉是五彩的光在流淌，这也是它的魅力所在。第三个品种叫塞布丽娜，这个品种无论是小花盆还是大花器，都有很好的表现，花色不受土壤酸碱度的影响，花瓣都是粉色的，像画着深粉色眼线边。第四个品种叫作圆锥绣球石灰灯，它在冬季气温低于零下20摄氏度的情况下，都可以露地过冬，非常适合北方地区。

此外还有一个品种非常值得推荐，叫作中华木绣球。它可以长成一棵“树”——早春三四月开花的时候，它总是花园当之无愧的焦点。中华木绣球花期长，初开是清新的抹茶绿，然后绿色慢慢褪去，变成一个个纯白的大花球挂满树，非常浪漫唯美。

绣球开花时花团锦簇，非常适合家庭栽种，不过一定要注意以下几点：

1. 如果希望矮壮不倒伏，施肥的时候要多用花卉型的肥料，少用含氮量高的肥料。
2. 从9月份开始（温度低于30摄氏度之后）给全日照，持续到第二年。等到第二年的4月份，花蕾即可完全孕育出来。全日照的操作可以促使它的花芽分化，让花量更大。
3. 在冬季温度低于5摄氏度的时候，需要用塑料膜等将大花绣球保护起来越冬，避免温度过低冻伤嫩芽。
4. 大花绣球的叶子枯萎后要及时把残叶从花盆里捡拾出来，避免绣球感染灰霉病。

# 书、植物和鲜花

花园名称：花园图书馆

园主：海妈

坐标：四川·成都

园龄：约1年

面积：1920平方米

特色：种满了植物的图书馆，藏有来自世界各地的园艺图书

我回想了一下，在种花的十几年里，我的每日平均工作时长应该是10~12个小时，海爸是12~16个小时。我们每天都有处理不完的事情，巡不完的田。

2019年，我开淘宝店10年，却是第一年操盘“双十一”，以前都是“佛系”地带着孩子呼呼大睡。我为何变得如此猴急呢？因为我要重建海蒂的花园，还要建海蒂的花园图书馆，两个字——差钱！

三圣乡海蒂的花园已经被拆掉，失去了园艺对外展示的窗口。对我而言，这就如同失去了双眼。如果我只建立线上的园艺事业，那园艺就像是构筑在一盘散沙上的建筑，风一吹就倒了。做园艺事业失去了花园，我将感受不到乐趣，没有乐趣的我为何还要一天工作12个小时呢？

从2019年初开始，我就在找新的场地重建海蒂的花园。看了若干

场地，谈判了10轮以上，终于定下了一块1920平方米的地，位于春天花乐园。

林总问："你准备投资多少钱？"

我说："哦，我要投的钱都还没有准备好，要现挣，不过还好，不必担心。如果我想卖花的话，现在基地100亩的花换钱可是很快的，我是金牌销售和最大的业务员。"

关于筹集启动资金，我不会众筹，也不会招资金入股——在西昌建天竺葵基地时我就坑了柳妈，柳妈累死累活也没有赚到钱，这次我可不能再害其他人。我晓得这个事情没有什么赚钱的可能性，但还是要去做，不然怎样表达自己曾经来过人世间，曾经在某一年尽全力做过一件事情呢？

我何其幸运，能从小爱植物，爱园艺。有人说喜欢看我直播、听我聊天，我想这不是因为我有多能说，能传播多少知识，而是因为植物和园艺的魅力。

我从小就是一个理解力有点儿差的人，记性更差，导致成绩不好。但我热爱学习，还拥有好奇心。我大概学过计算机原理、C语言、高数、语文、绘画、花艺、经济学原理等等，不过读得最多的仍是花园类的书。

毫不夸张地说，我可以盯着一张图片看一个小时，然后跳进那张图，到那个花园徜徉。我就是这样学习园艺知识的。如此11年，我收集了无数的园艺书。2019年的某一天，我萌生了一个建花园图书馆的念头。

这颗种子播在我心田，一直疯狂地长根，到现在已经冲破天灵盖，

◀（上）图书馆手绘样板

◀（下）花园一角手绘样板

马上就要发出一对豆瓣样的嫩芽了。经过两轮的设计，我决定遵从自己一开始的想法：盖一幢小房子，非常明亮，挑高5米。图书馆的主角是书、植物和鲜花。

这是真正的花园图书馆，设计成有屋顶的房子。上面有三个楼顶花园，讲述着三种楼顶花园的可能性：像一楼平地一样，花池与盆花搭配，盆花与花箱搭配。这三种花园都会有休闲区和种植区，主题包括小型家庭玫瑰园、妈妈的菜园和孩子的趣园。

在这里，室内会有高大的阔叶植物，像雨林一样，下层会种常春花、凤仙、芳香天竺葵，像是我看过的邱园的温室。但它不是邱园，这座花园不是用来看的，而是用来停留的，用来度过生命中最美好的时光。

户外四面环绕着十多座主题花园，从后院出去有个封闭区域，是儿童花园。考虑到孩子会乱跑，务必得在父母的眼皮底下，所以不连通其他花园。

随着海蒂和噜噜的长大，我的儿童花园也有所不同。新花园会有大型的秋千、爬网和滑梯，墙面上会放置儿童绘画作品。我想好了，寒假让海蒂和噜噜和我一起画，我们画一系列的主题，关于猫咪、彩虹和花儿。噜噜妹一直用左手画画，很特别。我和海爸说过三次了，她以后可能会画出大师级的作品，特别有灵气。

图书馆的左边是日式花园。因为那个地形不好安排，是一个夹角，所以会种爬藤的植物来软化墙面，用大型枫树让锐角变圆，用无数的单瓣绣球让花园更轻盈，还会有一个小的水景用来养小锦鲤，建生态池塘。

在我看来，想要打造一种风格的花园，只需提取一些元素安放进去就可以了，比如日式的茶席、竹篱、原石汀步、细碎的石子。花儿仍是花园最大的主角。

图书馆的正前方会有一对海马先生。它们是植物雕塑，超级高大的那种。每个人来到花园都会去摸它们一把，就像要洗个手再做饭一样，有这样一种仪式感：啊，我终于来到海妈的图书馆了！海马先生所在的花池会四季花开不断，有造型植物，也有变幻的草花。

正对着图书馆中心的是玫瑰花园，我会将三圣乡的无尽夏和拱门上的月季移栽过来，中心会有一个巨大的组合盆栽。不过最好呢，要摆一个大师级的雕塑作品。

当你换个角度，推开大门进入花园，第一个看见的会是模纹花园，中心水景一直在流淌，植物一个个矗立周围，久久地成长在花园，仿佛会在夜晚交谈、开舞会。

▼ 模纹花园手绘样板

正前方我仍会打造龙沙墙，就像三圣乡那两株姥姥级别的龙沙宝石一样。我爸曾说，如果有人出1万块买那株龙沙树，你就卖了嘛，到时候重新栽一窝就好啦！但我想说，在花园种下的植物都是我一棵棵挑选出来的，不能卖。因为它们都是有脾气的，一动就会死。它们认了我当主人，就像我的性子一样古怪。当然，我的心里话没办法解释给我爸爸听，女娃子的浪漫与诗意是一个老头无法理解的。他肯定会在心里念叨，种花不卖花，是脑子有问题吧？

这些植物见证了我8年的时光：海蒂从婴儿变成少女，她吃下第一粒树莓，摘下第一朵龙沙宝石，学会第一个词："妈妈"，这些都是在海蒂的花园。

这些植物都是见证者，我舍不得它们，正如它们舍不得我一样。同样，我也会把白园的植物移栽到新花园，因为海蒂曾在这株乔木绣球下拉了无数次小提琴，玩过无数次花瓣雨。

花园的格局有了，那里面具体种什么？这对我来说就不难了，我可以在栽种的头一天去巡田，去把那些卖不出去的、被退回来的、不够美丽的、注定要被丢弃的花捡回来种下。只要给它们一个春天，它们就能给我好看！

我不知道多出来一座花园图书馆会有什么不一样，估计对多数人来说并没有什么改变。但我对海爸说，如果有人不远千里而来，坐在窗边，满足地发出一声叹息——我终于来到海妈的花园图书馆了，它和我想象中的一模一样，仿佛这一刻在梦里出现过——抑或流下一滴泪，这样，我们倾其所有都值得了。

我会在夜晚搂着海蒂和噜噜，把这些故事讲给她们听，并告诉她们，这是妈妈的使命，如果以后妈妈老了，就请她们继续努力。园艺是最美好的事业，当“子子孙孙无穷匮也”。

Tips

## 小贴士：阳台月季的养护

1.月季需要光照超过3个小时才能正常生长，所以适合南向阳台。

2.月季需要良好的通风性，也就是三个字——举高高。把月季的花盆抬高，与阳台的栅栏平齐，风就可以吹到叶片了。

3.每天喷纯净水雾2次，把所有叶片的正面、背面和秆全喷湿，保持合理的湿度环境，红蜘蛛就会减少。

4.选择适合小盆栽多季节重复开花的品种。推荐品种有：

（1）果汁阳台。特征：杏黄与橙的复色，有淡淡的果香。在成都，一年可重复爆花10茬，仅在直径20厘米左右的花盆栽种就表现优秀。该品种花多、长势慢，冬季仅需轻剪，保留超过15厘米的枝条。

（2）甜蜜马车。特征：具有扩散性的纯玫瑰香味，一枝花插瓶，香味满屋；耐反复修剪，重复开花性极好，半日照时表现突出。该品种冬季需重剪至离地5厘米左右。

（3）直立冰山。特征：花朵洁白，是阳台里的高光植物，仅用直径18厘米左右的花盆栽种就可花开不断；抗病性好，不受阴雨天影响，花朵均可正常开放。用小盆栽种该品种，冬季需重剪至离地5厘米左右。

（4）切花朱丽叶。特征：耐热性好，适合两广地区，开花机器，香味清甜；株型紧凑不散漫，可在半开状态剪下来插瓶，放于室内可

维持一周以上观赏期。

（5）蓝色阴雨。特征：适合做成美妙的花瀑布，枝条柔软，抗性极佳，多季节重复开，用直径30厘米左右的花盆栽种，花量即可达到500朵，适合新手。冬季仅需去除老弱病残枝，轻剪顶端5厘米，保留足够多的枝条花量会更大。

5. 关于施肥：月季花期长，花量大，盆栽特别要注意施肥的节奏，一般是在生长期一周施一次液体肥；在夏天温度超过35摄氏度时，施肥应在傍晚或雨后气温较低时进行。

6. 关于换盆：每年冬天都需要换一次土，以保证新根系的生长。

# 白天工作，晚上种花

花园名称：花立方

园主：众花友

坐标：广东·广州

园龄：将近4年

面积：1500平方米

特色：42位花友众筹修建的楼顶花园，栽种有1000多种植物

◀ 花立方楼顶花园

2020年6月11日，海妈从广州回来后，连夜写了一篇手记，当中有这样一段文字：

我在广州结识了一帮大神。他们在市中心的钢筋丛林中，建了一片乌托邦式的花世界，取名花立方。四十多个人众筹建花园，组织管理极其有序。他们白天都是精英，甚至大老板，下班后就撸起袖子种花，炎炎酷暑也不在话下。我感动于他们对植物的爱，敬佩他们的行动力和团队精神。

下面介绍的便是海妈提到的这帮大神和他们的私属楼顶花园——花立方。

花立方的发起人是90后园艺师富林。2017年，在和花友聊天时，很多人都吐槽道："在广州市区，想拥有一座亲手打理的花园太难了。"于是富林想到，大家可以一起众筹建个花园，最好能打造成广州最美的花园。

在富林的推动下，一个看似不切实际的想法迅速扎根生长。他通过花友群和微博等渠道，开始征集参与者，从发起到确定参与人员，一共用了两个多月。咨询的人很多，但更多的人只是佩服他们的勇气。最多的时候，花立方有70位小伙伴，慢慢地，有成员因为各种原因退出，现在一共有42位小伙伴。

花立方的成员来自出版、媒体、金融、外企、设计院等各行各业，都或多或少了解植物，热爱园艺。因此无论是设计建造、栽种养护，还是文字影像记录，均由花立方成员在业余时间分工合作完成。

▶ 花立方楼顶花园俯拍

花园整体是英式风格。主路两旁根据不同植物种类分为睡莲池、绣球区、草花地毯、藤月拱形门廊、铁线莲区、球根花境等不同区域，中间点缀有瞭望塔、雕塑、水景、棚架和小屋，还有专门的休息区。

2017年5月底，与场地签订协议后，花立方的小伙伴们按照设计图，正式开始造园。平日里的职场精英们变身为泥水工、木工、油漆工和花工，亲自上阵筑花池和水池，打造木质摆件，粉刷桌凳、木屋……

耗时4个月，花园建造基本完成。那段时间正值广州最热的时候，很多成员回忆起那段时光，印象最深刻的便是那无止境的热，常常热到头晕。对他们来说，虽然建造过程非常辛苦，但看着花园从无到有，一步步成形，确实充满了成就感。

他们陆续种下各种各样的植

花立方楼顶花园设计图

▲ 打理花园

物。有的成员想打造一座“玫瑰园”，于是种下了两百多盆月季；有的成员喜欢紫穗狼尾草，也一口气种了几百盆；有的成员欣赏植物最自然的生长状态，便打造出充满野性的草花花境；有的成员是睡莲大神，便把自己培育的睡莲侦探艾丽卡种在水池中；有的成员痴迷球根，种下了大片的朱顶红，每到春天都十分惊艳……

他们原想在花园种下三千多种植物，但广州天气太热，只好不断淘汰、不断调整，目前稳定在一千多种。这些丰富多样的植物让花园每天都有新的花开，每个季节都有不一样的色彩。

花立方对所有成员来说都是乌托邦一样的存在，也是一个避风港。

原本并无太多交集的人，因为这个花园聚在一起，无关世俗，只关乎植物与美好。大家一起劳作，分享园艺知识，一起在花园烧烤聚餐，分享生活中的喜悦和琐事；再约着一起逛花园，拍各种美美的照片……

花园也在不断给予他们能量。郁闷烦心时，去花园的摇椅摇一摇，在水池边的平台上躺着发发呆，或是拔拔草、浇浇水，烦恼就会顿时消散。

“有一天，我情绪非常崩溃，下了班直奔花园，脱下高跟鞋，独自躺在睡莲池旁边。周围是办公区耀眼的灯光，而花立方让我进入了一种宁静美好的世界。晚风偶尔轻轻吹来一阵花香，我竟然睡着了。”提起自己与花园的故事，一位成员这样讲道。

花立方的名字，其实来源于他们的协会名——“九立方”，因为一般的阳台大约有9平方米。花立方的成员们要做的，不仅是自己享受植物与园艺的美好，也希望通过花立方的打造，把园艺之美传递给更多人，“让家家户户的阳台和花园都漂亮起来”。

花立方的发起人富林曾说，花立方对他来说是一件一直不会完成的事情。“它让我知道，生活里有些事情不是一蹴而就的。”是啊，花园需要持之以恒的维护，植物才能茂盛生长，光鲜亮丽。家庭园艺的推广也需要所有花友日复一日、年复一年的携手坚持，这样才会有更多的阳台和花园，一年四季开满鲜花。

（本文作者：柚子）

Q&A

## 在广东，哪些植物表现特别好？

互联网人：朱顶红，非常大气，表现特别好；绣球无尽夏能开爆；铁线莲和优雅的铁炮百合也很棒。

加菲：风雨兰、朱顶红、文殊兰等石蒜科植物，橡皮树（印度榕）、流金榕（高山榕）、爱心榕（伞榕）等榕属植物。

魂淡：表现好的植物有很多，红花忍冬、西番莲、印度旋花、各种三角梅以及很多热带观叶植物。

ZHL：朱顶红、蓝雪花、胖丽丽、铁线莲、百合。

（本文照片由魂淡提供，设计图由金蔓绘制。）

Tips

## 小贴士：球根过冬指南

球根过冬有个懒人方法。像需要休眠的百合、洋水仙、仙客来等种球，秋季就要停止浇水，让基质变干。基质干后，可以把花盆堆放在阳台或花园的角落，做好避雨，冬季放在0~10摄氏度的环境中，第二年重新栽种即可。

在南方地区，像洋水仙、风信子、葡萄风信子、西伯利亚鸢尾、花毛茛、银莲花、雪片莲、蓝铃花等需要春化的品种，需要在冰箱中冷藏春化。

# 老破小区里的温馨花园

名称：老秦和老刘的花园
园主：老秦、老刘
坐标：上海
园龄：4年
面积：60平方米（主院30平方米、
南院15平方米、北院15平方米）
特色：大改造，温馨治愈的社区网红花园

◀ 花园也变成了社区的网红景点

▶ 花园里的小刺猬

▶（右）花园布局

▶（左）绿植郁郁葱葱

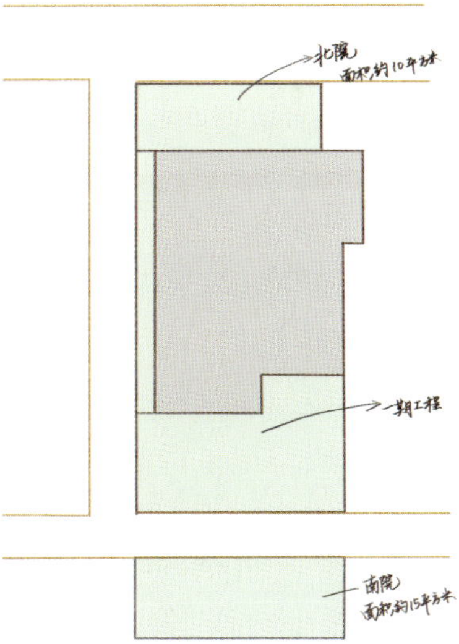

4年前一个周日的午后，老刘难得悠闲睡到自然醒。迷迷糊糊中，他开始拿起手机找房子。他和老秦已经找了好久了，一直没找到满意的。

突然，一个破旧的老院子吸引了他。院子里杂草丛生，南院甚至堆了很多建筑垃圾和生活垃圾，但胜在面积大。热爱园艺的他们，在这里看到了无限可能，6个小时后就签约了。通过近4年的不断改造与调整，这个院子已经从杂草丛生的社区死角，变成花团锦簇的温馨花园。

花园不仅让他们在忙碌的工作之余感受慢生活，还带来了很多“朋友”。小松鼠、小刺猬、黄鼠狼都是常客，还有各种小鸟、昆虫，这让老秦和老刘与自然的连接更加密切，也多了些安定和坦然。

慢慢地，花园也变成了社区的网红景点。周围的邻居喜欢来这里散步，也会有陌生人前来善意地交谈，交流养花经验。这让他们深深地感受到，“花园可以连接陌生的心灵，治愈大家的心情”。

花园改造对老秦和老刘来说难度不大。老秦是城市规划的博士研究生，老刘经营一家设计事务所，两人都是相关专业的从业人员。有天晚上下班后，老刘画了一张手绘草图，然后就以此为基础开始改造了。他们的设计思路很简单，既要有活动空间，也要有种植空间，整体遵循简单实用的原则。

主院面积最大，也是他们目前最满意的部分，其中最大的亮点是对地面和墙面的改造。地面部分以防腐木做基础通道，以石材、白石子打造休闲区，并通过架空地板，解决了从前的积水问题。休闲区摆放了简单的桌椅，围绕休闲区设计了半包围的L形花槽，里面种上老秦和老刘喜欢的绣球。

一开始只有无尽夏，后来逐步引入更多品种，花开的时候，这里便

▶ 花园改造前后对比

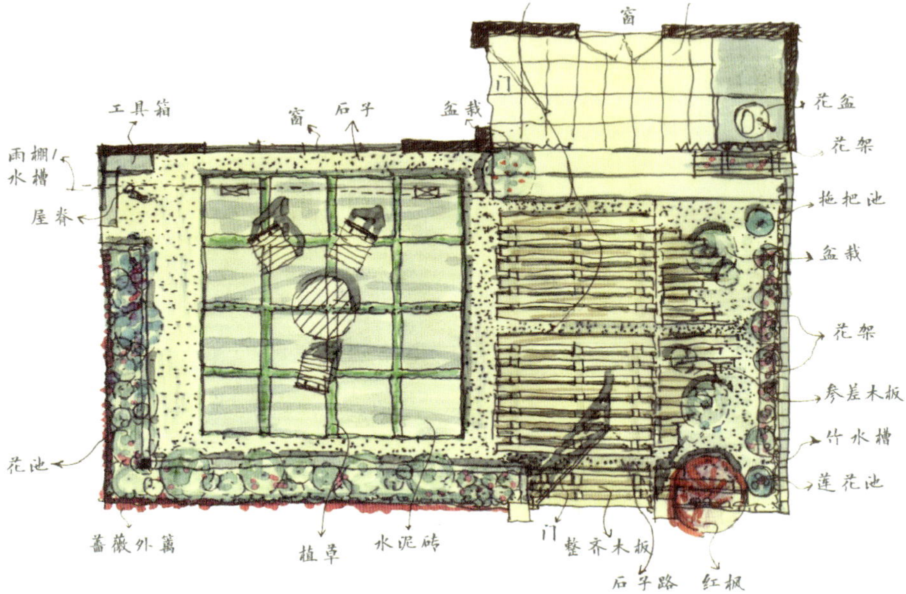


会成为社区的网红小景，不少邻居路过时都会透过篱笆往里看。老秦和老刘也会闲坐喝茶，赏灿烂繁花。“阳光洒在身上，蓝天白云，听着鸟叫，会有种岁月静好的感觉。”

墙面的设计，采用了立体绿化的形式。不仅保证了私密性，也充分利用了墙面空间。他们在墙面上尝试种过很多植物，也死掉、更迭了几批，现在墙面上基本有稳定的、适应上海气候的立体绿化植物了。

除了主院，还有一南一北两个小院，通过西边的通道连接。老秦和老刘刚拿到房时，南院基本是一片垃圾场，建筑垃圾、生活垃圾大量堆放，整理清洁费了好大力气。因为土质比较差，不适合栽种，他们最开始就用简易的材料制作了低配版“枯山水”景观，用石板和黄沙形成景

▲ 立体绿化墙改造前后对比

观的基调，同时种了红枫和一些简单的绿化植物。随着土壤逐步改良，引入了樱桃、石榴、枣树等果树。如今，他们把南院逐渐发展成了微型的“自然科普教育基地”。来往的居民、孩子和附近的学生不时在这里逗留，有朋友带孩子来家里做客时也一定会到这里参观。

北院采光相对较弱，老秦和老刘就将其打造成了仓储空间，同时通过对地面的特殊处理以及对原有树坑的保留，打造出了比较有野趣的效果。在这里，他们还发展了小小的“都市畜牧业”，养了几只小鹌鹑，每天都有鹌鹑蛋可以吃。

花园的一点一滴都体现着老秦和老刘的共同努力和心血，也给他们的生活带来了很大改变。他们认为花园“三分靠匠人、七分靠主人”，

▲（右）北院的小鹌鹑
▲（左）南院的枯山水

因而只要有时间，就会不断进行调整和更新。对他们来说，这是很有趣的事，也很解压，能洗掉一身的疲惫。“可能有生命力的东西，才是最好的‘精神充电宝’吧。”老刘说。

2019年秋天，年近九旬的爷爷奶奶特地从外地来上海团聚。他们坐在花园里喝茶聊天，非常喜欢这里的环境，也对孙子的生活非常放心。

因为花园，老秦和老刘认识了很多朋友。他们经常邀请朋友们来家里做客，在院子里喝茶、烧烤、做瑜伽，不论是大朋友还是小朋友，都玩得很开心。尤其疫情期间不能出门，大家都摆弄起家里的花花草草。因为他们的花园在周围小有名气，邻居们不时来交流种植经验，外加赏花、撸猫。

这些邻居里，有的是退休老教师、老医生，还有很多宝妈，一来二去就熟悉了起来。现在他们已经和周边十几户邻居建立了深厚的友谊。他们结识的一位退休大学教师就住在他们家的后面，离得那么近，此前竟然都互不认识，后来因为互换种子才得以相识，私下里他们就戏称这

▲
赏花撸猫

种行为为“打劫”。现在疫情好转，邻里之间还是会经常串门交流，并逐步从园艺交流扩展到美食交流，聊生活中的方方面面。“跟陌生人逐渐建立关系的过程，让我们觉得非常温暖、非常快乐，也让我们看到了小小花园的大大可能。”问及花园给生活带来的改变时，老刘这样回答道。

把杂草满地、垃圾满堆的小院改造成繁花盛开的花园，是老秦和老刘的园艺之路上最为自豪的一点。

（本文作者：柚子）

Q&A

## 种花这些年，您觉得在上海哪些植物表现很棒？

我们认为以下几款好看又好养。

绣球：无尽夏、新娘、你我的浪漫、蒂亚娜、爆米花等大花绣球。

月季：黄金庆典、娜荷马、威廉·莫里斯、玛姬婶婶、芳香宝石等。

草花：硫华菊、波斯菊，皮实好养又爆花；玉簪在光照差的地方表现很好。

爬藤植物：首推风车茉莉，爆花小能手。

球根：朱顶红。

（本文图片由老秦、老刘提供。）

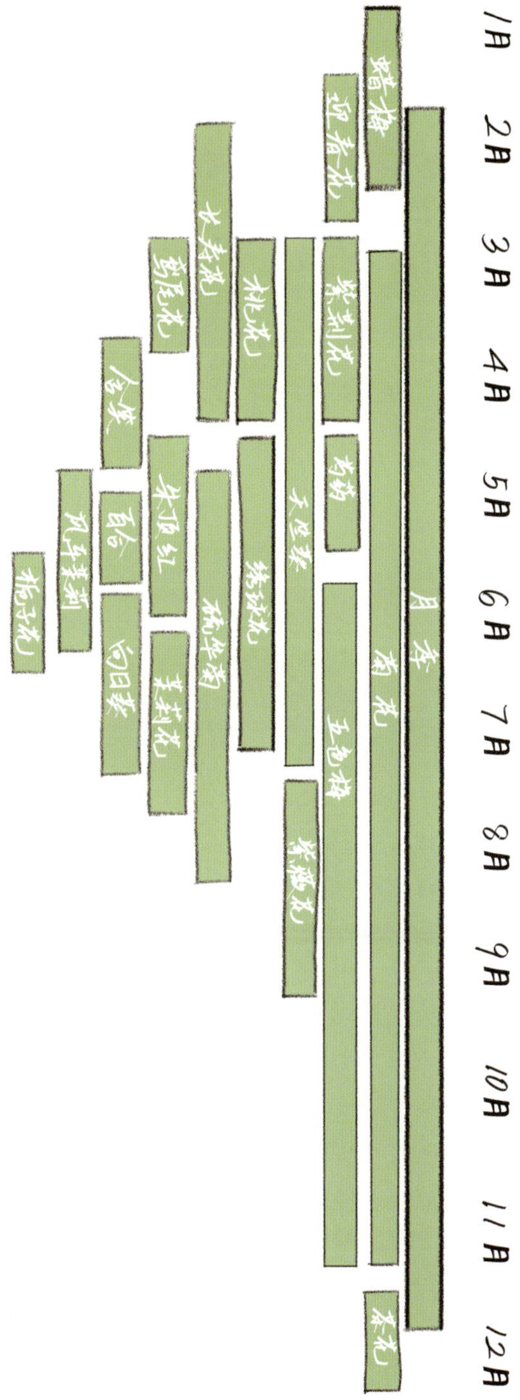
1月
2月
3月
4月
5月
6月
7月
8月
9月
10月
11月
12月
蜡梅
迎春花
月季
紫荆花
芍药
五色梅
茶花
千屈菜
紫薇花
桃花
绣球花
鸢尾花
合欢
百合
千日红
风车茉莉
栀子花
向日葵
茉莉花
硫华菊

## Tips

## 小贴士：铁线莲养护全攻略

铁线莲被誉为藤本皇后，有“坚韧如铁，花开如莲”的美称。它的花期集中在春、夏、秋三个季节，冬季会枯萎，仿佛不曾存在过一样。

**铁线莲的栽种养护有如下要点：**

1. 盆土选择：铁线莲是肉质根茎，不耐积水，需要用疏松透气、透水性好的基质，盆栽建议选用透气、透水性好的细口高花盆。
2. 光照需求：铁线莲的根部喜冷凉，枝叶喜欢日照，但也相对耐阴，在树下、阳台两侧等半日照的环境，也能正常开花。
3. 修剪方法：有个简便省事的懒方法，就是根据芽点的位置来明确修剪的位置。在每年早春芽点鼓鼓囊囊的时候，剪去它不发芽的部分和干枯的叶子。
4. 冬季处理：冬季铁线莲需要换土、换盆，注意要捏松土球换盆。也可以原盆换土，那就要像梳头发一样梳理它的根系，然后添加新的土壤就可以了。
5. 肥料管理：生长季缓释肥和花卉型速效肥结合使用。夏季高温高湿的环境下，可以停用速效肥，开花后撒一些缓释肥，苏浙沪及两广地区不建议用有机肥。
6. 病害预防：在南方地区的梅雨季，在早春三四月这些容易感冒的季节，一定要注意铁线莲的立枯病，可以用恶霉灵灌根预防。

7. **品种推荐：**

（1）乌托邦。为什么推荐乌托邦呢？它种在小花盆也能有大能量——花量巨大，多季节重复开花。它总是我们花园在秋季复花最多的一种铁线莲，直到冬天都还在开。

（2）里昂村庄。里昂村庄也适合在大多数家庭的阳台和小空间栽种，和月季搭配种植效果很棒。它的花瓣具有天鹅绒的质感，色彩非常华美，开花性好，多季节开，抗性较好。

（3）铃铛形的铁线莲。它们形似铃铛，非常可爱，耐热性好，夏季开花，植株紧凑不占空间，很适合在阳台等小空间种植，例如胭脂扣、樱桃唇。

（4）切花型铁线莲（阿拉贝拉）。它们的花朵是蓝色的，在一个花艺作品中只点缀两三朵就能提升整体的空气感。

铁线莲不仅仅花朵能够用于观赏，其种荚也具有欣赏价值。噜噜最喜欢的不是铁线莲的花，而是铁线莲的种荚。据我观察，有一种铁线莲的种荚蓬松且华美，它的名字是约瑟芬。

# 阳台花园里的精致下午茶

▶ 植物错落有致地摆放

花园：阿量的5平方米小阳台花园

园主：阿量

坐标：四川·成都

园龄：约1年

面积：7平方米小阳台，实际种植面积5平方米

特色：小巧精致，植物搭配、杂货运用巧妙，错落有致

◀ 阿量的阳台

“养花的人都是热爱生活的人，看到你开始养花，就知道你在认真生活了。”90后小仙女阿量自称“社畜”，生活忙碌不规律，没少让爸妈操心。但今年春天，在她把阳台改造成精致的小花园后，家人终于渐渐放心，爸爸还说了这句话作为夸赞。

阿量改造花园也得到了很多花友的认可。对于她发布的花园改造记录与花园日常美好生活片段，很多花友纷纷点赞、关注，周围的朋友也时常问她关于阳台打理与改造的相关问题。

受爸爸的影响，阿量从小就喜欢花。“我爸爱养花，也很会养花。一棵普通的兰花养了十几年，年年爆花，铁树也长了好多小桩，许多人没见过铁树开花，我见过！”

提起爸爸养花，阿量颇为得意，但自己养起来却不太行。两年前买了

房子后，她就在思考要怎么改造阳台，但一直没有头绪。这两年也断断续续买过很多花草，但因为没有合理规划，总是很丑，她也不大愿意去阳台。

直到今年早春，所有人都困在了家里。那是阿量宅在家的第16天，成都早春少有地出了太阳，非常舒服。她穿着睡衣坐在阳台发呆，看着冷清的马路想："贴梗海棠应该已经开了，而我却哪儿也去不了；再有半个月就到3月了，早樱、桃花、李花、油菜花……都要开了，再这样下去，今年的春天怕是都要错过了！"

想看花的瘾一下就来了，阿量开始向往，如果能坐在盛开的鲜花里，该有多美好！说干就干，2月中旬，阿量开始构思、找攻略，准备改造小花园。

阿量的阳台属于偏东的东南向，因楼层较高，采光勉强还行，从早上日出到下午1:30前都有光照。封窗是推拉门形式，平时尽量敞开，有一半空间能保持通风。

从设计、施工到种花，这些全由阿量一人在工作之余完成，前后花了约有一个月。

首先是硬装改造，主要做防水和改色，用防水勾缝剂把地砖缝隙与墙角都填补完整，再用防水防晒胶将地面涂抹两遍。阳台原来的配色很丑，还有一根突兀的水管。于是阿量将其整体改成白色，统一的浅色系在视觉上起到放大空间的效果；然后用防腐木铺地面，水管则用麻绳包裹起来。

其次是软装布置。由于阳台的面积形状、光照通风、承重等先天不足，花园很容易变成苗圃，于是阿量通过以下三点，在有限的空间内，打造出了错落有致、有景深、有层次的精致小花园。

第一，利用植物本身的特点，打造出错落有致的感觉。

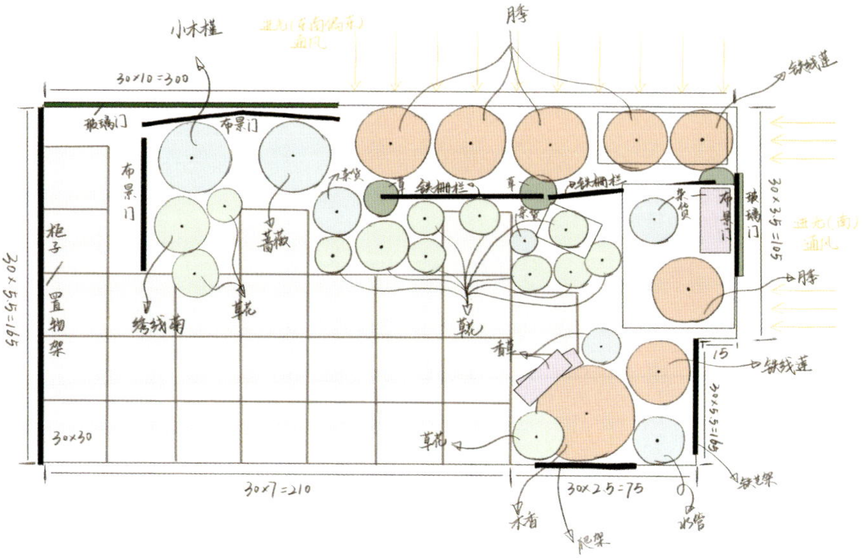


月季开花最美，长年开花不断，对光照与通风需求大，故而稳坐中心位；绣球需要半阴环境，因此放在月季下方，低处则放草花填补空隙，墙上攀爬铁线莲和木香。在3米的有限纵深里，阿量将花境边缘打造成弯曲的效果，给人曲径通幽的感觉。

第二，植物形态与色彩的选择搭配。

小空间色彩过多容易乱，因此月季整体选用了果汁阳台、切花朱丽叶、真宙等温暖的黄色系，草花则以蓝色系为主。阿量更偏爱姿态有野趣的植物，因此种植了恣意潇洒的飞蓬和花姿优美的绣线菊；攀爬的铁线莲覆盖了墙面的惨白，让整个空间充满绿意……

第三，借用杂货抬高花盆或点缀，增加趣味点。

月季放在阳台最靠边的位置，用花凳架高了，不仅加强了通风和采光，也让它成为视觉的焦点；低处的草花用杂货、木箱等打造出错落感；铁艺奖杯花盆与飞蓬搭配在一起，自成小景；在月季与草花间放置一排

▲用栅栏、松鳞模拟地栽效果

铁艺栅栏，营造地栽的效果；同时还在栅栏上吊上花盆，让花境更立体。

改造花园时，阿量还在石油行业工作；花园建好后，她已辞职进入一个完全陌生的行业。“去做更喜欢的事，让人生活得更漂亮一点儿，这大概也是花教会我的。”

作为上班族，阿量和我们一样，也有很多烦恼、压力无法排解。忙到没有生活的时候，也常常问自己，生活的意义到底是什么？是变得很有钱？是拥有一座花园？但总找不到答案。如今，在经历了改造花园的狂喜，以及难熬的夏天后，她忽然明白，生活无关于某个终点，它是一条漫长的路，这条路需要一步一步地去走、去体验、去感受；就像拥有一座花园也从来不是终点，而是要在打造花园的过程中，付出心思与汗水，用心经营，从每一朵花开中感受喜悦，填满心里那个叫作幸福感的

▲ 和花儿共进早餐

◀ 粉霜绣线菊

房间。

花园的存在让阿量更好地生活，普通的日子也充满了诗意。认真做一顿早餐，坐在小花园里边赏花边吃饭，看阳光透过枝叶投下细碎的光影；下班后回到家，坐在阳台上倒一杯酒或咖啡，什么也不想，静静放空，听风吹，闻花香，直到暮色四合。花开得好时，邀请家人好友一起喝下午茶，或是酿青梅酒，做荔枝杨梅水……

对阿量来说，每一次与花共度的时光都格外珍贵美好。浪漫主义的根，只有深深扎进最平凡的生活的土壤中，才能开出最飞扬的花，收获稳稳的幸福。

（本文作者：柚子）

▶ 粉霜绣线菊

Q&A

## 哪些植物在阳台表现很好？

▶ （右）绣球无尽夏

▶ （左）百万小铃

月季：切花朱丽叶、真宙、果汁阳台等，爆花不断，株型紧凑，适合小空间。

绣球：无尽夏、万华镜、花手鞠，皮实好养，花朵华丽。

草花：耧斗菜、百万小铃、玛格丽特、旱金莲、长寿花。

花灌木：粉霜绣线菊，姿态修长优美，易爆花，色彩清爽，不会过于喧闹；百子莲，度夏完全无压力，花色清凉。

（本文图片由阿量提供。）

▶ 玉簪

## 小贴士：打造生态阳台小花园

通常我们的阳台类型以朝向划分。西向、南向，甚至东向的阳台，很多植物都可以栽种。

第一类是月季，需要充足的阳光和良好的通风，就像度假时的阳光沙滩。

第二类是绣球，在冬季和早春需要受到最好的日照，开花后再挪到阳台内部去乘凉。

第三类是天竺葵，它能在阳台上持续不断地开花。只要不被雨淋，即使是靠近阳台里面的地方，天竺葵都可以有很好的表现。在北方封闭阳台和冬季有暖气的地方，多季节开花的天竺葵品种都能有很好的开花效果。

第四类是铁线莲，在阳台左右两侧可以做成花墙、花瀑布。类似的藤本开花植物，还有风车茉莉，它是常绿植物，可以全年观叶。在非常阴凉的环境里，风车茉莉即使栽种在小花盆里也能有很好的表现，春季开花时总能散发出迷人的茉莉花香气。

第五类是多肉，让它们轮番晒太阳度假，就可以养出漂亮的颜色，不过夏天的时候要尽量避雨。

北向阳台光照差，可以栽种龟背竹、竹芋、天堂鸟、矾根、玉簪等观叶植物。光照不好的地方可以栽种玉簪。玉簪比较耐阴，冬季会枯萎。从春天的发芽，到夏天的开花，到秋天叶片的虫洞，

再到冬天的枯萎，很容易让生活在都市的人感受到四季的变化。另外一种非常耐阴的植物是矾根，它被称为上帝打翻的调色板，可全年观叶，花序摇曳生姿。它的叶色五彩斑斓，看到它，你能感受到秋季山野里的层林尽染。

想打造不打药、有花有鸟、有小昆虫的阳台，有哪些植物推荐栽种呢？绣线菊类的植物很值得推荐。这类植物容易吸引蚜虫和瓢虫，有瓢虫的存在，蓟马、红蜘蛛的泛滥便能得到控制。

球根植物也很值得在阳台栽种，有多年重复开花的朱顶红、晚香玉，以及冬季开花的垂筒花、夏季开花的风雨兰等。

年宵花瑞香同样适合于阳台栽种，甚至封闭阳台也能种。这种花在春节期间达到盛花期，香味馥郁迷人，每当开放，你就会意识到新年要来了。

蓝雪花也很推荐在阳台栽种。它在整个夏季都有很好的表现，也可以制作成棒棒糖的样子。

还想介绍一种高度在20厘米左右的矮丛百子莲，一定记得给它最好的光照。到了夏季，矮丛百子莲会开出硕大的蓝色花球，高而疏落，花姿摇曳，让你的花园更有节奏感。

风车茉莉拱门

# 青城山下的杂货风花园

▶ 廊道外的池塘和多肉植物

花园名称：王姐姐的花园

园主：王姐姐

坐标：四川·都江堰，青城山脚下

园龄：1年多

面积：200平方米

特色：杂货与植物完美搭配，改变生活状态的世外桃源

◀ 廊道一角

就像候鸟迁徙，每个周末和节假日，王姐姐都会从成都开车一个多小时，来到青城山脚下，度过自己的假期。这里有她精心打造的花园，是她的世外桃源。

在花园中，她会和亲友放松地喝茶聊天，做一顿美餐，享受相聚的欢乐；也会在下雨的时候，静坐长廊看满园春色，聆听小鸟的鸣叫；或是在大雪纷飞的冬季，泡杯热茶，看雪花轻轻飘下，享受独处的时光。

王姐姐开始种花，是在3年前。当时闲来无事买了几盆花，养在5楼的露台。无心插柳柳成荫，随意买的几盆花竟然长得都不错，自此成功入“坑”。

很快，小小的露台就摆得满满当当，连下脚的地方都没有了。于是

▼ 花园结构图

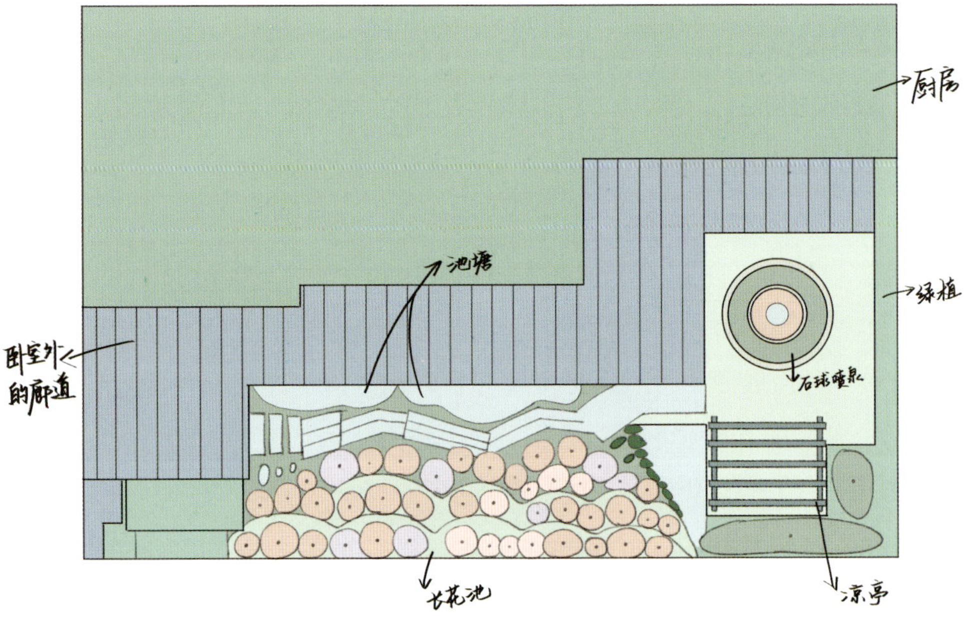

她在青城山脚下，买了这栋带花园的房子。房子不大，只有60平方米，但花园很宽敞，足有200平方米。王姐姐觉得，这对种花人来说是最好的搭配。

仅1年时间，花园已经有了巨大的变化。屋子的一边建了长长的玻璃廊道。即使外面狂风暴雨，王姐姐也可以不受影响，欣赏花园里的自然景色。

厨房外的小花园，正中间是一个石球喷泉，潺潺水声让花园充满生机。因为光照不太理想，四周种的大多是蕨、绣球等耐阴植物，还有蓝杉、香松等常绿植物和几盆草花点缀其中，木格墙上爬满了风车茉莉。

卧室前的长廊外有一个池塘，里面养了几尾锦鲤和鲫鱼。鱼很聪明，一听到人讲话，全都会游过来。王姐姐很喜欢靠着栏杆喂鱼，一待就是半个小时。

池塘的对面是个长长的花池，里面种满了各种花草，有洋水仙、郁金香、角堇，有鸢尾、六出花、风铃草，还有百子莲、圆锥绣球、松果菊……丰富的植物让花园一年四季都有可看之处。

花园的设计处处体现着主人的用心。廊道的栏杆、支柱是粉蓝色的，墙壁和门窗基本都是白色，地板是木色。简洁的色彩搭配，打造出明亮清新又柔和的效果。长长的廊道里，摆满了从各处淘来的杂货。植物和杂货的搭配非常完美。在植物的衬托下，本没有生命的杂货焕发出了生机；而杂货的存在也让花园变得更加精致。

“花园要曲径通幽才好看，不能站在门口就把花园一眼望穿了。”因此王姐姐专门淘了块门板，安装在了廊道上做隔断。

这个花园让王姐姐的生活有了巨大的改变。以前她的业余时间都用

来打麻将，周末最多的时候能打四场。自从养了花，已经两年没打麻将了。“一天的时间侍弄花草都来不及！再说打麻将我十打九输，输了心情也不会很好，打麻将的钱拿来买花可比输掉要舒心多了。花还可以天天看，能看很多年。”

每一天植物都给王姐姐带来不一样的惊喜，让她的心情非常愉悦，睡眠质量也好了很多。“以前晚上整晚整晚地做梦，现在每天忙完倒头就睡，第二天依然像打了鸡血一样精神。”

王姐姐的心态也有了很大改变。

这个小镇的居民虽然收入不高，但是都很愉快，生活也都非常滋润，每天搓搓麻将，聚一起跳跳舞、唱唱歌。生意再好的馆子，卖到中午就不卖了，问他们生意这么好，为什么不卖一天，老板说："钱是挣不完的呀！""看到这些，我就想，还有什么放不下的吗？"这些点点滴滴也慢慢影响着王姐姐，让她更加淡然，不争不抢，也很少生气。

这所花园是王姐姐的世外桃源。"外面再怎么热闹繁华，只要回到这个小院，就可以什么都不用想。"它也是王姐姐家的后花园。她畅想到，以后女儿结了婚，生了小孩，不用跑很远，从小就可以让他们接触大自然。

打造这个花园，王姐姐认为非常值得："这一辈子忙忙碌碌、辛辛苦苦，有这么一个花园，真是觉得这一生都很满足了。"每个种花人都梦想着能有一个自己的花园。虽然不是每个人都能有王姐姐这样的大花园，但我们或许可以从阳台，甚至窗台种起。

（本文作者：柚子）

Tips

## 小贴士：天竺葵的养护

天竺葵是当之无愧的阳台之王。世界各地很多阳台上都有它的身影存在，因为它可以实现多季节不断开花，花期超长，花色品种繁多，且对光照要求不高，在世界范围内广受喜爱。

**天竺葵在阳台上栽种有哪些小技巧呢？**

1. 不能雨淋，及时摘除残花。此外，天竺葵插花用于装饰室内非常好看，瓶插花期甚至可能超过15天。
2. 夏天炎热时，天竺葵在长三角地区可能比较难养，不过提前在四五月份的时候扦插小苗就可以了。直立型天竺葵扦插时需要剪去顶端，晾一个小时左右，等伤口干巴后再进行扦插，成活率会更高。
3. 天竺葵可以3棵搭配栽种在长条形的花盆里，

也可以单棵植株栽种在陶盆中。放在飘窗、阳台都很适合。

4.天竺葵的推荐品种：直立型天竺葵、垂吊天竺葵、大花天竺葵、天使之眼天竺葵、香叶天竺葵、彩叶天竺葵，等等。

直立型天竺葵耐阴性好，在北向阳台也能正常开花。垂吊天竺葵的主花期在夏季，枝条柔软细长，可以垂吊开成花瀑布。大花天竺葵，顾名思义，花朵很大，可以成簇开放，花球直径可达80厘米，其主花期在春季，不适宜两广种植。天使之眼天竺葵花瓣中心有眼斑，主花期在春季，同样需要春化。香叶天竺葵的叶片和茎秆会散发出各种香气，比如柠檬香、薄荷香、玫瑰香、草莓香等，可以提炼精油，有安神的作用。彩叶天竺葵的叶子像矾根一样明亮，独立造型或做组合盆栽都很适合。

所有天竺葵都有一个特性，通过不断摘芯打顶，促使它分枝更多、冠幅更饱满，从而达到开成大花球的效果。

我喜欢的天竺葵品种很多，但最开始喜欢的是垂吊天竺葵夏日玫瑰。它完全重瓣，就像一朵紫色的玫瑰花。

天竺葵非常值得栽种，对新手无比友好。它非常耐旱，有一年夏天我出去度假，超过一个星期后回到家中，很多植物已经因为缺水而干枯，而天竺葵依然在开花。

# 一片荒芜到花开满园

名称：忘忧岛花园
坐标：河南·郑州
园主：侃侃
园龄：6年
面积：200平方米
风格与特色：自然野趣充满梦幻，小朋友的探索乐园

▶ 侃侃、小酒窝与月季夏娃

◀ 侃侃在忘忧岛花园

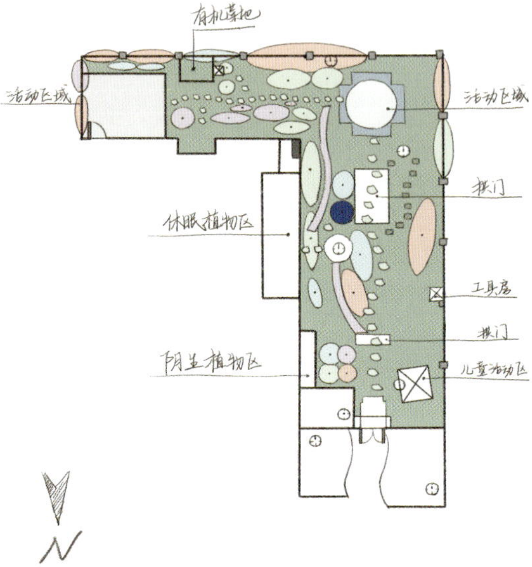


◀ 花园布局

▼ 侃侃的花园构想设计图

“开满花的小路好漂亮啊，谢谢妈妈！”

春末夏初，忘忧岛花园的芝樱小道开得正美，侃侃的女儿小酒窝穿着公主裙，小心翼翼地站在汀步石上对妈妈说。她灿烂地笑着，像一个快乐的精灵。这条开满鲜花的梦幻小路和整个忘忧岛花园，都是侃侃为女儿打造的。

侃侃从小喜欢植物。念幼儿园时，学校外墙栅栏上爬满了蔷薇，每到5月她生日的时候，整个围墙开满了无数粉色的花，这是她童年时期最美的回忆。

侃侃希望自己的孩子也能在鲜花与自然中成长，拥有这样美好的回忆。因而在6年前生下小酒窝后，她在郑州市区找了一个荒芜的院子，与先生从零开始，为女儿打造了充满自然野趣的梦幻花园。

花园总面积约200平方米，呈L形，分为南花园和西花园两部分。

南花园属于全日照区域，长13米，宽4米；南花园外侧13米长的临街栅栏上，种了8棵藤月，有橙色、杏粉色、浅粉色、白色等，大多色调非常柔和。

南花园最受瞩目的，便是这条梦幻的芝樱小道，由5个品种的芝樱和16块汀步石组成，这也是小酒窝最喜欢的地方。

南园的植物还有柠檬、小金橘、蓝莓等果树及各种香草。很多人认为柠檬不能在郑州地栽过冬，侃侃做到了，而且年年结果三十多颗，每只的个头都像大橙子一样。

此外还有一块约4.5平方米的有机菜地。菜地虽小，但可供日常采摘食用，也能让小酒窝懂得食物是怎样从大地中生长出来的。

西花园有4棵大树，分为半日照和全荫区域，整体长17米，宽7

米。阴生植物区，是侃侃最中意的地方。她种了锦叶八角金盘、顶花板凳果、铁筷子、大吴风草、耐寒性好的蕨，并用叶色丰富的玉簪和矾根等彩叶植物来提亮，整个阴生花境自然不失精致。此外，她还在花境中放置了一个虫屋作为焦点，今年已经有昆虫入住啦！

阴生植物区的对面，侃侃给小酒窝搭了个小木屋，周围种植的都是些线条柔软的植物，像绣线菊、络石藤、萱草、麦冬等，还准备了捕虫网、放大镜、吸虫器和昆虫观察屋，可以让小朋友探索自然的奥秘。

半日照区种了很多大花绣球，像无尽夏、星星糖、魔幻革命、爱莎、纱织小姐、万华镜、卡米拉等，还种了栎叶绣球、铃兰、杜鹃、花叶栀子、茶梅、兰草、银纹沿阶草、玉簪、一叶兰、络石藤、野棉花、德国鸢尾等几十种植物。

◀ 小酒窝浇水玩

为了呈现自然野趣的风格，花园的地面铺装及建筑小品运用极少，仅采用37块汀步石代替较宽的人行步道，让人放慢脚步欣赏美景。

现在的忘忧岛花园已是都市里的绿洲与美好，而在6年前却是一片荒芜之地。这些改变，都是侃侃与先生一点一滴亲手完成的。

花园的整体设计与植物搭配，由侃侃负责。她之前没有进行过系统的理论学习，只能去查找相关资料，不断调整，以达到心目中的效果。

此后便是场地清理，这是个漫长而辛苦的过程。仅清除杂草与建筑垃圾、翻地，就用了3周的时间。栽种完成后，为了让花园展现出最美的一面，每年侃侃都要调整花园植物。

日常维护也是侃侃与先生亲力亲为。花园很大，每天至少要花两个小时打理。他们日常都有工作要忙，只能抽时间去完成。

都说园艺是诗意的，但这份诗意的背后是心血与汗水。可对侃侃而言，她并不觉得辛苦劳累，反而觉得是一种放松，她很享受其中，相信很多爱花人也都有同感。

在打造花园的过程中，侃侃与家人也收获了无数美好温馨的回忆。

侃侃的先生是个手工达人，女儿的秋千、轮胎跷跷板、小凳子、花架等，都是他做的。他还拆掉了一个在户外风吹雨打几年的破抽屉，用拆下来的碎木板做了花园指示路牌、临街挂牌以及小木屋的牌子，还做了一个木栅栏……这些木作或许没有购买的精致，但凝聚着侃侃先生对家人、对生活的热爱，因而在侃侃眼中，它们无比珍贵。

小酒窝也在花园中悄悄长大。从小亲近自然的她，现在已经认识了许多美丽的花草植物。她很喜欢画画，而画得最多的，便是在忘忧岛花园的生活。

小酒窝常常邀请好朋友来花园玩耍，还喜欢在花园中收集花瓣、捡树叶、捉蚂蚱当宠物、给植物浇水……她的朋友们都很羡慕她有个“秘密花园”。等她长大了回想起来，这应该是一段非常美好的回忆。

花园也帮助侃侃实现着自己的价值。她热爱园艺，也因她的花园成了一名花艺师。而相对于很多花艺师而言，侃侃觉得自己最幸运的一点是，可以用亲手种的花，来表达想要的作品主题。侃侃相信，新鲜采摘的花是有灵魂的，花园的自然元素也会激发自己的花艺设计灵感。

造园6年，植物已经成为侃侃生活的一部分，滋养着她与家人，让他们的内心充盈着美好与愉悦。侃侃也结识了很多喜欢植物的花友，大

▼ 芝樱小径改造前后对比

家会聚在一起分享经验与惊喜。“生活纷繁复杂，但花园里的植物们总能给我带来希望，让我更加坚定地走下去。你看花园里的每个植物，无论大小，都在奋力吸收阳光，努力生存着，等待绽放的时节，人生也应如此呀！”

（本文作者：柚子）

Q&A

## 经过测试，什么植物在河南表现非常好呢？

1. 骨架乔灌木：地中海月桂、蓝冰柏、四季桂、六道木、银叶金合欢、柠檬树、无刺枸骨、黄金枸骨、荷兰鼠刺、胡颓子、小丑火棘、完美冬青、金叶女贞、银石蚕、欧洲丁香、月季、苹果桉、风箱果、日本枫、锦叶八角金盘、绣线菊、喷雪花、香桃木、欧洲木绣球、紫珠等。

2. 月季品种：玛格丽特王妃、红龙、粉龙、藤冰山、自由精神、朱丽叶、夏洛特夫人、女王、皇宫、法国礼服、艾松花园、慷慨的园丁、黄金庆典、托马斯、葵、天鹅古董、夏娃、香织装饰、黄油糖、红苹果、米兰达、佛罗伦萨等六十多个品种。

3. 宿根开花植物：穗花婆婆纳、毛蕊花、腹水草、玉簪、荷兰紫菀、日本桔梗、鼠尾草、荷兰芍药、百合、耧斗菜、千鸟花、松果菊、白及、大花萱草、蓍草、老鹳草、蓝花赝靛、野棉花、假龙头等。

（本文图片由侃侃提供。）

Tips

## 小贴士：废物利用，低成本打造空中花园

园艺是什么？是拥有一个占地几十平方米，甚至更多的花园吗？

可以是，但这并不是唯一答案。

有一次我走在街上，看到一个交叉路口的石阶上整整齐齐摆了很多盆栽。周围没有特定的住户，不知道是谁养在这里的，可能是环卫工人。

除了常用的塑料花盆，还有很多废旧的酒瓶、红牛铝罐，以及各种各样的塑料罐子。里面种的花看似普普通通，却让人觉得莫名感动，我想主人该是一个内心温柔的人吧。

园艺没有固定的范式，重要的是你能否在其中得

到快乐。精致的花盆、流行的品种、足够的空间，都是园艺的充分不必要条件。没有它们，也不会妨碍你享受园艺的乐趣。

分享一种省空间、低成本、有趣味的倒置盆栽。阳台空间不够，就向天借地，种一个空中花园。

**所需材料：**

废旧的豆瓣酱桶、剪刀、小刀、布、配方土、有机肥、花材（例如蓝雪花、过路黄）、铁丝、钳子。

**制作方法：**

1. 将废旧的豆瓣酱桶擦洗干净。
2. 在桶底开出直径约5厘米的孔（可以用刀先将桶底划破，再拿剪刀剪）。
3. 将蓝雪花从桶底小心穿过孔洞，倒置。
4. 将布沿中心点剪一道口，围在蓝雪花基部，并用订书机固定，防止土壤流失。
5. 填土，可适当加入有机肥，搅拌均匀。
6. 在顶部栽种过路黄，可以起到保水防晒的作用。
7. 修剪植物造型，剪去残花，浇透水。还可以在桶表面和家人一起绘制充满趣味性的图案。

这次的植物选材是实验性的。过路黄长得繁茂，枝条像烫过的头发；蓝雪花枝条柔软，或许能在后期长成花瀑布，变成蓝色的纱裙。

谁知道呢？这些未知也是园艺乐趣的一部分。

（本文作者：hana）

# 03

# 世界花园

## 奇境漫游

## Gardens

# 可以光脚奔跑的比利时私人花园

位于安特卫普的 MR Meirlaenhof 花园，在 2010 年被评为比利时最美花园。
如果用几个词来形容安德烈先生和夫人的这座花园，
我想是：光着脚丫的、奔跑的、自然的。

我们驱车超过100公里来到他们的家，一路上昏昏欲睡。我们一到花园，安德烈夫妇都光着脚丫出来迎我们，告诉我们他们在花园里一直都是光着脚的。这一下子就打动了我。一座花园要多干净、多安全，才能一直光着脚丫呢？于是我也像他们那样光着脚，让海蒂和噜噜也光着脚。孩子们没有任何羞涩，开始在草地上追逐玩耍。

花园入口的左边是一面墙，墙上种了一株爬藤的绣球花，开着简单的花朵。但无论多简单的花朵，开满足足一墙，都是极美的。窗台外面是在盆里栽种的角堇，得益于比利时冷凉的气候，所以单朵花期较长。进入花园后，我的第一个感叹是：哇哦，好大的草坪，这些多肉怎么这么大一坨？是一株发起来的吗？爬山虎整整齐齐地贴着墙生长，好像叶片在开会一样——其实如此整齐主要还是缘于早春的修剪。

我们踩着温暖的石头地板，看到了花园的前半部分：这些大团的圆球看起来好像是凸起的地毯，被修剪得如此饱满和规整；红砖都是透水砖，竖着铺成了路径，在白天吸收热量，晚上散发出来，踩在上面竟产生熨帖舒服之感。

这是一座有44年历史的花园。安德烈先生和夫人结婚时买下一块地，修好房屋的第二年开始建造花园。花园的面积一直在扩大，打个比方，刚开始的花园是鸽子蛋，后来变成了鸡蛋，现在有鸵鸟蛋那么大。欧洲的土地都是私有的，据说价格也很低，在绝大多数人的可承受范围之内。他们的花园究竟有多大？有1公顷，即15亩，即10 000平方米。不同单位下的数字给人以完全不同的感受，或许有时候数字不是重要的，单位才是重点。

安德烈夫妇带我们走在花园里。我到处看着，张望着，发现这个花园有明显的特点——为孩子准备了很多乐趣。我细细数了数这座花园

▶（右）花园的绿篱和红砖路
▶（左）海蒂和噜噜光着脚丫在花园奔跑

里一共有多少桌椅。除开小酒吧里的，一共有5组，走到任何一处都可以停留下来歇息。可供奔跑的草地、树屋、秋千、沙池和小酒吧里的玩具，无一例外告诉我们这是一个关于家的花园。安德烈先生有6个孙子，他最小的女儿前一天刚在这座花园的草坪上举办了婚礼。有一座花园，始于爱情和婚姻，滋养着自己的孩子，再见证他们的成长与婚姻，看着他们拥有自己的孩子，我想这是人世间最浪漫的事情。

花园是需要时间来成熟、成长的。25年前，安德烈先生觉得花园需要改善，便请了花园设计师朋友，为花园进行了深化设计，移动了一些大树，根据色彩区分了一些主题，同时明确了花园的结构。安德烈先生告诉我他最喜欢的两个地方：一是水池，二是树林。水池可以让他安静放松；而树林里有很多鸟儿，他喜欢听它们唱歌。

晚餐后，我特意抓住机会问安德烈先生如何享受花园的美好，这位年长的绅士用了很多排比句来讲述，声音磁性低沉：我享受在花园里劳作、浇水、修剪，享受这些与花儿在一起的时光；我享受清晨鸟的叫声，我享受花园里的点点滴滴……而对我来说，享受花园的美好无非就是和孩子们在一起，和花园在一起——她们在花园里奔跑，如果是拍电影，或许一个镜头过后她们就跑着长大了。这让我觉得伤感，不晓得安德烈先生在花园里为女儿举办婚礼时会不会同样心情复杂。

花园里的大树都是四十多年前安德烈先生和妻子亲手栽种的，如今已是亭亭如盖，可以庇护一代人了。而我们从来没有栽种过，没有浇过水，没有修剪，没有付出，仅仅是来到这座花园，便享受了这座花园的美好。

我问安德烈先生：“是什么驱使你开放了花园呢？”安德烈先生回

答道："这么美的花园，经过了这么长的时间来建造，不应该仅由我们一家人享用。我想分享给更多的人，希望有人来到我的花园有所收获。每年我也会去别人家的花园，汲取新的灵感。"

当天夜晚我住在花园里，没有关窗。透过窗看着花园，仿佛夜晚还未降临，也许是因为天上的星星太多，照亮了整个夜晚。我一整夜都在做着绮丽的、关于各种花园的梦。

第二天我起得很早，光着脚丫，叫上海蒂和我一起走在湿漉漉的草地上。我听到各种鸟儿的歌唱，听到噗噗的扇动翅膀的声音。我们奔跑在花园最远处的草场里，耳边有呼呼的风声。原谅我没有过于华美的词语来描述一个花园的清晨，只能想到，一夜沉睡后太阳升起，万物苏醒，一切刚刚好；而我们，正好看到这一切美好。

这个花园像一首爵士乐，带人奔跑，带人飞翔。阳光房桌椅的正前方是一片黄色的花境，有盆栽的柠檬树、橘子树。之所以要盆栽，想必是方便把它们搬进温室里过冬。冬天，雪中的花园会是什么样子？我只能看着书上的图片想象，迎着冷冽的光，看着小鸟啄食结满种荚的植物。

我们在这里坐着吃早餐的时候，眼前就是这幅画面：安德烈太太很熟练地泡软了两片面包的一头一尾，放进鸟食盆里；然后便有小鸟飞下来，停在上面，和我们共同享用早餐。太阳正升得刚刚好，收音机里放着爵士乐，欢快而令人愉悦，我突然觉得这花园的美好又有了种精神升华。身处美好的花园，需要细细追究到栽种了什么类型的花吗？这可能已经不太重要了。

这座蓝房子是桑拿房，前面种满了各种蓝色的花儿，里面的陈设舒适又简单。其中的百子莲是盆栽，冬天同样需要搬进温室。蓝房子低矮，沿墙种的铁线莲已经长了许多年，茎有小指粗细了，上面满是花苞，还没有到花期。

说起来，我们来的时间有点尴尬，球根和紫藤花期已过，而月季和绣球的花期还没有来。不过就算如此，花园也已经足够漂亮了。我发现了一棵超过25年的紫藤花。地栽紫藤花要长很多年才会开花，而根据我的种植经验，开过花的紫藤种下地之后3年都没有再开过，那一刻我感觉自己以前好像栽了假的紫藤。

一个10 000平方米的花园里当然少不了蔬菜。自己用堆肥种出来的蔬菜是种什么口味呢？当然是土豆更加绵软，花椰菜更加香甜，生菜更加脆嫩，番茄更加可口啦！制作堆肥就是这么简单，一旦决定开始，便会成功。如果要问注意事项，就是注意碳氮比，即绿叶子占一半，枯叶子占一半。

园丁眼里是没有垃圾的。面包屁股可以给鸟吃，枯枝败叶可以堆肥，而家里用旧了的物件，正好可以摆在花园里，指不定哪一天有了新的想象就可以派上用场。把旧的汤匙做成风铃，如果有人问起，还可以轻描淡写地说，哦，这是我制作的啦。

安德烈先生用收集的雨水浇花。他们把雨水收集在地下，然后经过过滤系统，竟然可以做到除了全家人的饮用水以外，洗手间、花园、洗衣服等全部用雨水。其实大多数的别墅都有这样接雨水的装置，只差一个收集坑。

这个花园只有安德烈和太太两个人打理，平均每天花两个小时的时间。除了个别花卉，其他地方他们是不浇水的，例如草坪，他们就从来没有浇过水。他告诉我，这些草坪是在25年前铺的，没有死过，没有黄过，没有更换过。

听到这些我很吃惊。他解释道："我在铺草坪之前先铺了一层有机肥混凝土，又铺了一层堆肥，再加了一层细沙。草坪在夏天生长最快的时候，5天修剪一次，平时一周一次；早春时节，我会撒石灰来平衡土壤的酸碱度。此外，一年会施两次肥。"

我还问了他，这么多年，花园有没有经历过什么困难呢？困难，对于每个园丁来说都是飞升上神的劫数和必经的历程。"最大的困难是某一年整个花园全被水淹了……但是还好，大多数植物还活着。"说得轻松，但我能想象得到个中煎熬，毕竟作为园丁，我也算历过不少劫难。

世界如此之大，文化也如此不同，但对于园丁，对于花园，竟又如此一致。我们对花园的享受，园艺给每位园丁带来的乐趣，都是一样的。在我看来，我享受待在花园里的时间，享受我和植物相互的陪伴，享受看着它们发芽、长高、孕蕾、开花、凋零和枯萎，感受它们生命的全过程，并将其视为一种乐趣；安德烈先生也是如此。

# 英式花园教科书

近年来访问了无数花园，大概是比利时人向荷兰人学习，荷兰人向英国人学习，日本人也以请到英国花园设计师为荣。威斯利花园在英国园艺界地位很高，年游客量以百万计。这里有哪些出彩的地方呢？

英式花园钟情于红砖墙和高大的树篱。这个习惯应该和气候有关——这些墙可以挡风，而植物靠墙栽种，待太阳下山后墙上的热量亦会释放出来。他们牵引紫藤的方法实属有趣，支撑柱不过是一根铁棒，紫藤在其上呈蛇形盘绕。紫藤盛夏6月剪一次，寒冬剪一次，有利于控制株型。

不过，我们种下的紫藤老是拼命地长枝，五六年都不曾开花，要不是因为之前是看着花买的，都会怀疑种的是公紫藤了。究其原因，我猜想还是因为植株下地后处于青春期，疯狂地长枝叶，还没有性发育。需要极端的气候，例如高温缺水或是修剪断根才能让它迅速开花。不过这仅是猜想，目前没有足够多的实践经验来支撑。

英国气候冷凉，和成都大有不同。5月下旬，成都的绣球都开得快谢了，温度早已超过30摄氏度，而彼时的英国才20摄氏度左右，紫藤

▶ 花园主入口的草坪，打理得和地毯差不多

▶ 树篱

刚刚开，这接近成都3月中旬的气温。

气温低的坏处有很多，比如让人感觉一年中有半年都处于冬天，夏天特别短。唯一的好处就是开花的时候温度低，花凋零得就慢。郁金香可以开半个月以上，相当了不得。

威斯利花园也分了很多的主题，其中最出名的就是这座岩石花园。曾经看过一个节目，讲英国人炫富不是像现在这样开豪车、戴名表，而是造园。最牛的当数造岩石园，因其最为奢侈。石头是全天然的，先设计好，草图画出来，再由专人去山里寻找这些石头，之后再长途运输到花园，由人工或是吊车固定安装。

自然式花园，即高度模仿自然，一切看起来都好像是在野外生长形成，但其实是园艺师精心设计的。岩石花园实际上是一块坡地，再将石头堆在坡地上形成现在的样子。大小不同的石块，砌成大小不同的非对称梯田，再在“田”里进行栽种，大片的就种些草坪，小块的就种上芝樱，更小的边角则种植长生草。

怎样堆石头看起来更自然？这个课题太大了。其实大致就是地震后裸露出来的石头稳定下来，再过几十年，长满了地衣，就自然了。这相当于是一个大力士，随手抛撒下数万吨大小不一的石头，落下来是怎样就怎样，就自然了。在家庭园艺环境里，我们自然是无法做这样的岩石花园。不过没关系，花园教科书带给你无数的可能，小型盆栽和组合盆栽都可以造出迷你版岩石花园。

温室处于岩石花园的坡上，不大却令人颇感舒适。很多奇花异草种在小陶盆里，小陶盆埋在粗砂里——这样安排的原理我不得而知，猜测大约是透水和吸水的关系吧。这个温室如此干净，让人怀疑是否花永远

▶ 岩石花园

▶（右）威斯利花园的杜鹃花
▶（左）迷你版岩石花园

These plants are
available in the

▶（右）开在石槽里的花朵
▶（左）威斯利花园中的温室
◀铃兰

都不曾凋零，叶片不会枯黄。事实上这是无数工作人员的心血，一丁点儿的残花都用镊子夹出来了。

在威斯利花园可以看到很多种在石槽里的花。这些石槽里的基质是什么呢？为何把植物这样栽种？我想，这主要还是解决积水问题，更快排水，让这些小型岩石和高山植物更好地生长。每个石槽有很多的底洞，抬高观察，下面是粗石，中间是细一点的石头，上面是小石子混基质，然后将石片儿插入其中，再向石头缝里填基质，再栽种。这样的方法，天天下雨又如何？

很多人一直想种铃兰花，其实花朵非常小，比指甲盖还小，不过谁让它萌呢？花园里还种了些芍药——我也想种些芍药的，尽管花期特别特别短暂，但我一直念念不忘花市里曾经有个人对我说："你不晓得？好花不常开的哇！"

英式花境常常被学习，但从未被超越。大多植物用非对称的手法成

从栽种，高低、大小、质感、花色、花期等都是需要考虑的因素。植物是花境最大的关注点。很多会倒伏的植物，例如大丽花、百合、唐菖蒲等，在苗期就需要支撑物；而冬季修剪下来的枝条做成支撑再自然不过了，做成铁线莲的爬架也不错。

我们是5月拜访的威斯利公园，还不是花期，所以正是看结构的时候。花园里宿根植物的高度不是一成不变的，冬季大多植物都会回到贴地的状态了。而8月是最好的季节，高度、冠幅便会尽显，花园美景在面前依次展开。

有人曾说：住英国的乡村，娶日本的太太。我想这话大抵是人们幻想的英国乡村之美吧。

# 意大利风格城堡花园

▶ 城堡与水面

抵达肯特郡的海韦尔城堡时已近中午，接待我们的是城堡花园的首席园丁。他告诉我们，亨利八世的第二任王后安妮·博林在这里居住时并没有花园，后来卖给美国人之后才开始建造花园。所有的大花园都对公众开放，毕竟需要门票的收益来支撑多达 10 人的园丁团队。

城堡的入口门很窄，不足两米宽。从入口进去，有若干亭子似的小房子。其实这些小房子都是连通的，里面的餐厅味道且不提，就样式来说是十分考究的。城堡的四周是水系，意大利花园风格中，最重要的就是对水的应用。像这样的镜面水景是最简单的一种，取其倒影和波光粼粼之感。

▶ （右）端景石拱门

▶ （左）城堡的入口

造型植物也是意大利花园的一大特点。我常常思考，为何国外的花园和我们的花园有明显的区别呢？是不是因为国外花园有很多造型植物？我不得而知，也想象不出，夜晚在这里散步会不会有种爱丽丝梦游仙境之感。但我知道，如果我有私人花园，我一定要设计一些造型植物出来，显得花园有历史感，而且又与众不同。

花园的美，身处花园中的人通过拍照其实是远远表达不出来的，一定要航拍。意式花园的格局最能打动人心。

◀ 城堡花园里的造型植物

◀ 岩石花园里的神秘造型

意大利风格应该是奢侈的代名词吧——用石材制成的罗马柱、石拱门，货真价实的雕塑，把花园连为一体的水系。之前在丸子小姐的书里读到端景，我想这个石拱门就是所谓的端景了。我的视线不由自主地向前延伸，定焦在了某处。在这座花园里，端景是互通的。你在风景里看我，我何尝不是在风景里看你？端景这个概念在小花园里，特别是狭长的小花园里十分适用，这样尽可能使花园的面积看起来更大。

如果问，在这座花园里面，什么让我最为印象深刻？

我想是这一小片岩石花园里的造型植物，它让我想起了《千与千寻》。由一扇石门穿过，那些神秘的存在就在眼前。

在写这篇文章之前，我特别看了《园艺世界》里关于意大利花园的部分，里面提到，意大利花园最初不光有绿篱、模纹、水景、造型植

◀ ▶
金链花
花园阴面潮湿地的植物

物，还有许多花卉植物。

5月下旬正值英国的杜鹃花期。尽管杜鹃花开得目不暇接，根本看不过来，但我最终还是会被它们所吸引。当花儿开成一树，形成一个色块，和一树红叶在一起，就显得有些斑斓，有了春或是秋的意味。穿越这座花园，总有首歌在心里响起，仿佛是王杰的《回家》，因为那首歌里唱到了古老的树和那些红砖墙。那时我在异乡，尽管有很多同伴，但没有家人在我身边，再美的花园终究是有缺憾的。回到成都之后，我和海爸说起这座花园，约定再去一次，住在城堡酒店里，这样就可以一早一晚到花园里散步了。

我不远万里来到英国的这座花园看到这些正在盛开的花，有一种它

就在这里等着我，开给我看的感觉。这是一厢情愿的，因为我去或不去，看或不看，它都会开。写到这里，想起海蒂和噜噜的花园里的大丽花，头一天还开得好好的，突然一场大雨，眼看着就枯死了。这件事带给我的触动很大，每一朵花的每一个时刻都值得珍惜。

城堡花园里有一片玫瑰花园，在有限的地盘上种了一千多株玫瑰花。细细看了一下，种得很密。这令我感到好奇，为何这儿没有什么病害？后来翻看城堡的书时发现，原来这些品种都是抗性极好、多季开花的品种啊！如果是在6月中旬，这片玫瑰花一定开得蔚为壮观，但那时杜鹃花又定会全部凋零。

也许这就是四季花园的魅力所在吧？时时刻刻都有不同的景观，吸引着我们去探寻。

城堡只能远远地看一眼，因为时间总是匆匆，所以我选择全部的时间都在花园里徜徉。这座意大利花园让我看到了大量层次绿色的应用、端景和焦点的应用，以及造型植物在花园里的重要性。虽心有遗憾，也不虚此行。

# 新西兰私家自然雨林花园

12月初的新西兰，正值南半球的初夏，球根刚刚开过，玫瑰正当季，绣球、百子莲、百合花孕满了花苞。奥克兰这座城市是明显的海洋性气候，不可预见。我们去的第一天下了3场雨，第二天下了4场雨，气温在20摄氏度上下，风也挺大。任何时候了解一座花园，都离不开当地的气候，否则就是耍流氓。

去往花园的途中，我们乘着巴士开过一座又一座牧场。新西兰在英国人到来之前是毛利人的地盘，那时候这里整个都是原始社会，有大片的温带雨林、原生高大的树丛和各式蕨类。爱丽丝花园的女主人怀念以前的样子，用新西兰大量的本土植物来造园，造一座自然雨林风格的花园。爱丽丝花园从建立之初到现在约有40年，女主人尼尔今年87岁。我们非常荣幸，在主人还健在的时候来到这座花园。有主人的气息，花园就有灵魂。花园通往内心，她一定是一个有大格局又敏感、细腻、温和的人。

爱丽丝花园在一片高地的半坡之上，半坡之下就是大海了。面朝大海，春暖花开，这是多少人梦寐以求的生活。但其实朝着大海，风很大，必须种植防风林才能避风。爱丽丝花园的防风林是一片松树，这些像钟乳石一样突起的东西其实是松树的根。

Ayrlies
Welcome to Ayrlies

▲（右）花园里窄窄的路
▲（左）雨林般的爱丽丝花园

花园里的很多地方一眼看上去竟没有一朵花，就是各色的绿，各种高山般的树，让人仿佛置身于童话般的奇境中，人变得很小，小成一粒尘埃。其实这座花园与爱丽丝梦游仙境的故事没有任何关系，女主人先生的爸爸在英国的农场叫爱丽丝，为了纪念他，所以用了这个名字。

我们常听说以人为本，而这座花园显然是以植物为本。占地14公顷，如此巨大，可几乎所有的道路都窄到仅供单人通行，如果不走到跟前，永远也不知道原来那里有一条路。在高大的树丛中穿行，总有一种前途未卜的感觉，有时候需要一点勇气。游览花园是一场冒险，里面新奇的、未知的事物有很多，必须要一直前行才能感受到。

▲（右）鸢尾盛开的池塘
▲（左）花园中的雕塑

花园里有一座静谧的池塘，四周的鸢尾正在盛开。我第一次没有把目光放在某一朵花上，因为花丛仅是花园的一部分，除却盛开的，还有枯萎的、凋零的，这些都是花园不可或缺的一部分。顺便提一句：水生鸢尾更适合种在浅水区域或是半坡湿润地带，淹水太深其实长势会不理想。看到这迷人的斜坡，我不由得思考：还是要有个坡度，花园才更有层次、更迷人，可惜我只有块平地……

我小时候写字丑，怪笔不好，我爸说："别人用扫把舞得都比你写得好看。"几十年过去，我仿佛明白了这个道理。举重若轻，这些看起来漫不经心的随意感，其实是尼尔40年来每日潜心造园的结果。我们去的那天没有看到工人劳作的身影，但是花园里并没有一丝杂草，草坪高度适宜，植物体量恰到好处，这一定是投入巨大的精力才能做得到的。

尼尔就住在花园里，一切植物的生长都在她的眼皮底下，谁都不能偷懒。她的房子看起来很小，外观也并不豪华，但这些植物就是房子最

▲ 火焰花境

美的装饰。40年来发生了什么，其实花儿都知道；建花园要花多少钱，我们心里也都是有数的。听说尼尔曾变卖大片土地来维持花园的日常开销，个中艰难可想而知。

很遗憾没能和她说上几句话，道一声谢谢。我带着孩子从地球另一端飞来，像她的孩子一样，在此处停留片刻，奔跑嬉戏，享受了她的时光，却从来没有为花园做过什么。

新西兰的阳光有多烈？像我这么脸皮厚的人，每天都要擦防晒超过3次，即便如此依然晒伤了。不过，虽然这里光照很强，但在植物茂盛的雨林花园下层，光照仍然是不足的。

弱光照的环境怎么栽种呢？吴风草、菖蒲等可全年观叶，大花萱草和我们熟悉的大花绣球是耐半阴的，铁筷子也适于生活在半阴的环境中，如果太晒反而不妙。玉簪是森系花园的地被植物之一，绝大多数蕨类亦喜阴，新西兰的树蕨竟可与龙舌兰争锋。

树蕨在新西兰的任何花园都会出现。这让我不禁思考，如果要在我的老家建一个本土植物花园，我要种什么样的树？种什么样的花？恐怕建个三季花园都吃力，我只能想到高大的柏树、秋季的野棉花和能将整片田都占满的蒲苇。

说到龙舌兰，它在爱丽丝花园里就是巨人，还能开出许多的花，花量之大竟不输给任何草花。

植物王国是如此巨大，让人不住惊叹，假如我有10个孩子，每个

▶（右）龙舌兰
▶（左）花园一角

孩子研究一个小类，都还不够把植物研究明白呢！在新西兰，多肉植物是当作花境里的地被植物来用的，如果照搬回成都，那我就彻底输了。因地制宜，因势而为，是造园重要的点，也是我这次新西兰花园之旅最大的收获。

到访之时，正值烟树的花期，花序开放，像烟一样具有朦胧美，粉黛乱子草也是如此。这座花园从不拒绝植物，我们绿化带常见的一叶兰，也是爱丽丝的座上宾。花园的框架就像一本书的大纲，内容的填充则是第二步。植物和句子一样，都有可替代性。而有些植物可以抓住光，让自己闪亮起来。

# 面朝大海的空中花园

我总有这样一种感觉：越是平坦，越是平淡；
越是饥饿，越是美味；越是艰难，越是渴望。

在新西兰南岛的阿卡罗亚小镇，有一座传奇的花园，叫渔夫湾花园。它建在空中，在悬崖峭壁上，没有一块平坦之地。

阿卡罗亚小镇就在海边，海是绿松石的颜色。在渔夫湾花园，可以看到这片海。小镇很小，我喜欢这样的小，不至于让人慌张，可以随性闲逛。我们在那儿待了三天，天气都不好，既没看到日出，也没看到日落，只有孤独的树和风格鲜明的房子。房子都带有廊，紫藤爬满廊架，逛累了就可以坐在街头长椅上歇息。

渔夫湾花园的主人是老两口儿。对种花的人来说，时间如白驹过隙，留不下痕迹，而他们正值壮年。渔夫湾花园是他们的家，他们每天都住在这里。老太太说，从阿卡罗亚驱车到她家只需要10分钟，但由于花园建设在一片坡地上，我们至少走了半个小时。

平时让我干点活，我总是一会儿腿痛，一会儿腰痛，一会儿头痛，

▲渔夫湾花园的休息区

一会儿没力气。但是让我看花园，我可以走一天不停步。想要到达这座花园绝非易事，不但要翻山越岭，还得有个好天气。第一次去大雾封山，整片花园犹如仙境，加之暴雨从天而降，我们只能打道回府，去小镇吃个冰激凌压压惊。

再次到访花园时仍是大雾弥漫，我不由得在脑海里上演了一出言情戏，女主角脚一滑，滚下坡地，半个小时后，并没有出现接吻画面，女主角掉进大海，不知所踪，全剧终。我们几十个人在花园里，转个身的工夫，一个人都看不到了，如同雾里看花，影影绰绰。

我中意这个花园，被这个花园感动，是因为造园之难实在难以想象。所有物资都是用船运到崖下再靠人力搬上来的。花园的路很窄，植

▲ 金焰绣线菊

◀ 大雾中的渔夫湾花园

物又茂盛，因此不可并肩，只能独行。

独行容易让人思考。各种蕨类，绣球，大花萱草……这些植物怎么长得这么好？怎么这么绿？是因为正在下雨吗？俗话说得好，好看不过水颜色。此刻的植物们静默，迎着风，又开口歌唱。

走在雾中的花园，我突然看到一棵金焰绣线菊。我从来没有这么仔细认真地注视过这种花朵的色彩、叶的色彩，还有上面的水珠的色彩。这些都是不畏风暴的怒放的色彩。

由于大雾弥漫，从渔夫湾花园向大海望去，只能看到一片灰白。但若是个晴天，就是绿松石般的大海。雨雾挡了海，女主人一个劲儿地说抱歉，仿佛这是她的错。我觉得充满艰险和刺激的未知前方，让人更想前行。有时候未知的路让人胆怯，但是当你穿过去，定是另外一片天地。

# 阿尔卑斯山下的五感花园



伊瓦尔小镇之所以被称为小镇，大抵是因为一支烟的时间就可以逛完。

而 2017 年 6 月，我们却在这里逗留了一整天。

四季鲜花盛开，永远的蓝天和白云，巨大的湖泊，石头砌的古老房子、城堡与教堂，冰激凌和咖啡，牛排与鹅肝，这些是这座小镇给人的第一印象。有人说，我愿意在这个小镇度过我的余生，开个小店，每天晒会儿太阳，照顾一下球根海棠，卖点东西，晚上在湖边铺一张餐布，喝上一杯葡萄小酒，欣赏落日。

在法国，鲜花小镇评星有严格的标准。伊瓦尔花朵遍地，维护管理得好，又有独特的风格，理所当然是满星。此行来伊瓦尔小镇，我是为了看花、坐着发呆和欣赏五感花园。之所以取名五感花园，是因为这个花园像迷宫一样用绿篱分隔开来，并在里面按视觉、听觉、触觉、嗅觉、味觉，分成了很多小的主题花园。

花园入口很窄、很小，毫不起眼，进门便是售票处和一个小型花园中心，售有各种纪念品、书和植物。

花园从来都是随主人的心性而生长，是主人的气质写照。视觉是花园的第一感觉，常有花园主人反复强调：我要的是颜值！颜值！颜值！这类以植物搭配为设计主体的花园，视觉焦点就像活体雕塑，随着季节而变化。在正午阳光下闪闪发光的落新妇，让我的视线里除了它，其他均为陪衬。

绿篱隔间里色彩变幻，不到每个绿篱隔间的入口都难窥一斑，也常常转个身就有豁然开朗之感，让人情不自禁地“哇”的一声喊出来。印象深刻的是这个同色系的小花园，蓝色和紫色的大花葱、大花飞燕草、鼠尾草、紫色的铁线莲……

听觉，顾名思义，是花园的各种声音。花园的中心水景上，流水淙淙；树上的鸟儿叽叽喳喳叫着，像在开会，随后又扇动着翅膀向另一棵树飞去；在这里还能听到风吹拂巨针茅的沙沙声，各种虫子的“啾啾啾”声，像在吵架……唯有大树和各种花儿在阳光下，慵懒而静默。花园是活的，猜想深夜一到，一阵风来，大树和花儿们会起来开舞会，跳到走不动路。

提起触觉，可能很多人会想起初次牵手爱人时，那种踏实的幸福。其实触摸一些植物同样能给人带来幸福感。有触感的植物很多，有的植物甚至比猫还好撸，像绵毛水苏、如丝般顺滑的针茅、落新妇蓬松的花序、修剪整齐的绿篱……让人完全忍不住想去摸一摸。对于修剪整齐的绿篱，我习惯在经过时用手滑过，去感受叶片的顺滑。因为这个习惯，我曾经用手摸到了藿麻，那酸爽，对于从小就属于过敏体质的我来说，始终无法忘怀。

嗅觉体现在各处栽种的带香味的植物上，这些芳香植物也是五感花

◀ ◀
（右）木贼
（左）山绣球

园里的重点。花园里种了很多玫瑰花，花朵是纽扣芯形，凑近去闻，能感受到它在阳光下散发着甜甜的、温热的香气。

还有各种可食用的香草植物，像迷迭香、罗勒等。轻轻触摸叶片，然后再闻闻手，就能嗅到它独特的香味，这是在和植物沟通交流。走过香草植物花丛，衣袖、裤脚轻轻碰到它们，回到家里时衣服上依然残留着迷人的香味。这便是种植香草植物的趣味所在。

花园中的蔬菜花园便是味觉所在。这里种了各种时令蔬菜，大叶菜蓟甚至能长得比人还高。种菜大概是很多妈妈的心愿，她们总想给家人提供最新鲜的食材。生菜、小白菜、莜麦菜、胡萝卜、大葱等都很适合栽种，自家种的绿色、安全、无公害。

徜徉于这样一座五感俱全的花园，很容易沉浸其中。在白花花的太阳的炙烤中，我坐在绿树浓荫下的长椅上，闭上眼冥想休憩，周围很安静，只有风的声音，还有一两声清脆的鸟鸣。感受到阳光晃过我的眼皮，突然有了一种强烈的恍惚的感觉，好像这座花园甚至整个宇宙，只有我一人，和这些郁郁葱葱、茂盛生长的植物，思绪宁静、澄澈。

◀ ◀
（右）树荫下的长椅
（左）捕捉光的落新妇

一个温暖的午后就这样过去了。

# 山上的女巫花园

位于比利时山上的女巫花园，是一座有精神力量的花园。卢克先生是这座花园的主人。他年纪六十有余，退休前是高中的艺术课老师，妻子是位画家。艺术家的花园，自然有独特的气质，更何况这座花园已历经几十年的风雨。我们去比利时之前，导游就发邮件和卢克先生预约了访问时间。

我们的车绕过了几条狭窄的小街，来到一座普通的房子面前。按了门铃，片刻之后卢克先生为我们打开门，我看到他的前院里有巨大的爬藤绣球，有树篱编织的拱门；大门右边有个葡萄架，架子下的花境里有一个女巫雕塑，在墙角还有一个扫把，带有长长的拖尾。

这让我想到宫崎骏的动画《魔女宅急便》。海蒂和噜噜问我："妈妈，女巫都是坏人吗？"我回答说："故事书里的女巫多数是坏人，但你可以写一个故事，或画一个故事，给大家讲述一个好的女巫啊。"

我们进了院子，有高大的树篱挡住了我的视线，只能看到一个巨大的葡萄架，下面有桌子，墙角的台子上放着果汁、咖啡、茶、苏打水和纯净水，以及现烤的蛋糕。我们就坐在葡萄架下聊天。能和花园主人交流，对于花园爱好者来说，最为美妙。

大清早的，我听到了此起彼伏的蛙鸣，感觉很奇怪，便寻着声音而

▶ 山上女巫花园的标识

去。原来有一个小小的几平方米的池塘，池塘里竟有十几只青蛙，有的在游泳，有的在睡莲叶子上坐着晒太阳。我把手机伸得很近拍照，它们也不害怕。那时风吹过来，在阳光下站着，温度刚刚好。

主人带着我们在花园漫步，给我们讲述他的花园故事。他的花园里有很多处雕塑，让我忍不住好奇地询问起这些雕塑的意义。原来他一共有3个孩子：一个儿子，两个女儿。在儿子尚幼小的时候，一场意外带走了他。他想念儿子，便请雕塑家朋友塑了儿子捕蝴蝶的样子，放在花园里，这样就觉得孩子不曾远去。第二年，雕塑家朋友得了一个女儿，于是又塑了一个女孩儿，一个新的生命遥望着另一个逝去的生命。

在水池的尽头，还有一座雕塑便是两个女儿了，是她们正在看书的样子。卢克的女儿都已长大成人，一个在开工厂，另一个已经和男朋友环球旅行4年。卢克请朋友塑了3个孩子在一起的像，放在书柜上，这

◀（右）捕蝴蝶的小男孩雕塑
◀（左）女巫雕塑

样他就会觉得3个孩子都在陪着自己。

谈到这些花园里的生命，我唏嘘不已，不知道该讲点什么。作为一个母亲，我永远不能想象失去孩子的痛苦，因为光是想一下，就觉得无法呼吸了。我听到这些故事，鼻子很酸，借口上厕所抹去了泪水。生命只是一个过程，放眼历史长河，我想绝大多数人仅是一粒尘埃，但卢克先生应该成了一条线或是一个面。

我翻阅了他建设花园的资料，这个花园曾经是一片空地。卢克先生一稿一稿地设计，花了26年的时间来经营这个花园，花园的设计改动过4次，想法一次比一次成熟。每年，他都会记录哪些植物需要调整以及如何调整，艺术家对于花园的精益求精和执着得以体现。回想自己，花园的植物在初期栽种的时候，我也会画一些气泡图，以便更好地在头脑里形成栽种过后的样子，以及它们分别在春天和冬天的样子。

◀（右）卢克的女儿雕塑
◀（左）雕塑家朋友的女儿雕塑

在一个有限的花园空间里如何体现出无限大？布局对于一个花园来说相当重要，这类似于一个企业的战略，一个人的胸怀。在卢克先生的资料图上可以看到，这个花园和我们的花园相似，房子四周是土地。但这么小的花园，游走其中时仍会有无穷大之感。首先就是利用透视原理，让十米的纵深感觉有了数十米；此外，园子里的树篱存在高度差，这种高度差让人置身其中时会产生空间错觉：咦？我从哪里来？要到哪里去？

为什么要实地访问花园？因为距离、高度、层次这些精巧的心思，非现场不能体会。花园里也有艺术，也有哲学，不单是去观赏，更需要细细思考。

卢克先生会移栽一些植株，按照他想要的花园的样子，做植株的排列栽种。他通常把同一种类的种植成三角形组团，再给花园覆盖厚厚的堆肥。对他而言，植物成长到一定时期的样子，其实在栽种的时候就了然于胸了。

最自然的花园看起来随性、随心、不花心力，其实最具匠心。冬天的花园，里面用木棍子摆放了形状，花境就按这个形状栽种，不一样的品种搭配需要考虑色彩、高度、冠幅、花期、耐寒性、耐热性，相互影响以减少病虫害。他的花园既有色彩主题，也有季节主题。我们在秋天来到这座花园，花园呈现的状态正处于生长期。

多数人都遇到过这个问题：夏天要外出一周，花怎么办？会死光光的吧？而卢克先生和妻子每年夏天会有长达一个月的假期，花儿依然完好盛开。不打药，不浇水，这听起来不可思议，卢克先生是如何做到的？

不浇水，秘诀就是把植物地栽，覆盖厚厚的堆肥，一方面可以抑制杂草滋长，另一方面可以保持水分，减少蒸发。

而不打药，一是因为植物种类丰富，建立起了小的生态环境，害虫和益虫同时存在，保持了平衡；二是选择植物的时候不过分追求品种，而是考虑抗病性，选皮实且适合花园小环境的植物来栽种。

确实有植物可以做到不打药、不施肥、不浇水，比如由于某些宿根植物的原生特性，相对贫瘠的瘦土对它们来说不易倒伏，能更好地开花。这是一个新的课题，我要回去在我的花园里实验实验。

足够丰富的植物种类是抵抗细菌性疾病的利器，可以互相影响，抑制细菌的生长；足够丰富的昆虫种类和鸟类可以抵抗虫害。但也有抵抗不了的时候，比如花园里的黄杨矮篱，出现了一堆一堆的大便黄。

▶（右）花园里的虫屋
▶（中）院子里的葡萄架
▶（左）花园里的玫瑰拱门

两年前，由于气候变化，卢克先生的花园里冒出来一种毛毛虫，几天便把绿篱啃食得不成样子。卢克先生在二十多年里第一次遇到这种事，两年时间过去了，还没有完全恢复。这要怎么办呢？遇到这种情形，该用杀虫剂吗？卢克先生说，杀虫剂可以杀死害虫，可益虫也会被杀死，所以就只能这样。坚持了两年若依然没有好转，那就拔掉这些绿篱，重新栽种吧！

不打药、不施肥、不浇水并不意味着不付出，如果有人说撒下了一把种子就开了花，那就是吹牛皮了。卢克先生也会遇到解决不了的困难。遇到不好的事情心情自然不好，但是人生无常，好的心态终会迎来春天。春天球根次递而开，玫瑰花如约而至，宿根植物会带来巨大的惊喜，每天去观察花园都会有新的变化。就在我们去的当天，一朵欧洲虞美人初开。

卢克先生每年基本上都只在3月份工作一些时间。宿根植物长到

10厘米左右时，他会把过大的植物分株，把分下来的植株分享给朋友。花园的体力劳作减少到一定程度的时候，享受花园的时间就增加了。多数人认为的享受花园就是在花园里开派对。我们的导游也说，派对就是喝酒啊，跳舞啊，扭来扭去啊！于是我问卢克先生："你在花园里最大的乐趣是什么呢？最大的享受是什么呢？"

他的回答驱使我写下这篇文章。他说："我最大的乐趣是冬天跪在花园里劳作，分株、修剪、移栽、覆盖堆肥，我会在花园里劳作大概一个月的时间，有时候天空飘下一丝细雨，雨水飘落在我的身上，丝丝凉凉的，我觉得最享受不过了。"

这是我听过的最有诗意的爱了。有首歌叫作《爱在深秋》，但对于园丁来说，爱在深冬。我计划着在秋天他的花园最美的时候再去看看，再和他聊聊天，吃块蛋糕。他说他的花园一年开放3天，他希望每次去的人不多，每个人都有机会和他聊天，听听他花园的故事。

# 海妈请回答!

**花友**:可以在每个城市都开个海蒂的花园吗?

**海妈**:我倒是想!想得美!

**花友**:海妈对天蝎座有什么认识啊?

**海妈**:海爸是天蝎座,很性感。

**花友**:过节送什么礼物给海蒂外婆?

**海妈**:花园里剪几束,反正又不要钱。

**花友**:海妈从什么时候开始养花的?

**海妈**:二十多年前吧,十几岁的时候,差不多也是那时候就开始想创业的。历经的失败也像玩儿的纸牌一样,一大摞,一长串。我还开过照相馆,女孩子们拍大头贴那种。有一次我睡着了,凌晨那会儿电脑、打印机都被人偷走了。我的经历里有无穷多的失败,所以总想分享一句重要的话给各位:“只要不承认自己的失败,你就在成功的路上奔走!”

我原来做照相馆生意的时候,感觉自己失败就彻底不做了,那不就是彻底失败了吗?其实没赚到钱不算失败,彻底放弃才算失败。所以失败的时候,就把眼泪花儿包起,不要承认。

我们花园里倒是有位永不放弃的女性,也是我脑子里不断浮现出的另一张面孔,那就是海蒂外婆。

**花友**:外婆这样一位传统农村妇女,是怎样影响你和其他晚辈们的?

**海妈：**我遇到困难的时候，韧劲儿很强，这是随我妈妈了。她对待挫折的态度真的很强硬。妈妈在老家生了3个娃娃，生我妹妹的时候，她给了我几颗糖，我就坐在门口，听到她连哼都没哼一声，就把妹妹生下来了。整个过程快到我糖还没吃完。

在乡下要养活3个娃娃很难，于是她在河里养鱼，遇到闪电、暴雨、大风时就要到桥那里去捞草，不去捞桥就要垮，特别辛苦。每次涨水，桥被冲垮，她二话不说就去修。又垮，又修，再垮，再修，一直到我出来工作。

那时我西昌店里的植物死光了，我妈说："老子桥被冲垮三次，三次都扶起来了。桥垮了，鱼跑光了，左邻右舍都在边上哈哈大笑看稀奇，我就把眼泪包起，不流出来。"

于是我也学会了说"老子"。从那以后，孩子遇到挫折的时候，我也会用"老子"开头，给她们讲克服困难的故事，鼓励她们。

**花友：**海蒂外公用传统老年人的眼光看你的花，你生不生气？

**海妈：**萝卜青菜，各有所爱。他觉得好看，我觉得不好看，我闷到吐血，也不敢说什么。不过有一次，他剪坏了铁线莲，被我妈骂了好几天。

其实海蒂外公更喜欢做石匠和木匠活儿，种花兴致一般，主要是来帮我。唉，毕竟是我老汉儿，就随便他整吧。

**花友：**在这样一个极度爱好园艺的家庭里，父母的爱好对孩子的成长产生了什么影响？

**海妈：**如果可以的话，我希望她们长大了能生活得更轻松。两个娃娃的话，我内心希望有一个能继续做我的事业，让这个事业能一代又一代地传承下去，对这个世界产生影响，在这个世界的圆里突破一个点。

**花友**：海妈的养娃秘籍是什么？

**海妈**：莫得啥子秘籍。我太忙，所以让她们读的私立学校，能保障有吃的，能够顺利成活吧。其实倒也有一点，海蒂从生下来到两岁，一直都是在我的怀里长大的，就像袋鼠一样，她连婴儿车都没坐过。她在我心口睡觉，和我一起玩。

所以她们现在很有安全感，胆子会大一点。所以父母要尽可能多地带自己的孩子，和他们待在一起。今天我就带她们去巡田了，一路上都在吼，生怕她们摔着。

**花友**：海蒂和噜噜的嫁妆是什么？

**海妈**：自己挣，反正我又不收彩礼。

**花友**：妇女节的时候，海爸给过你礼物吗？

**海妈**：不会有的！12年过去了，结婚纪念日都没有礼物。

**花友**：爱情、事业、家庭通过花园融为一体是什么感觉？

**海妈**：创业者根本找不出爱情和事业的界限。我们两口子有95%的聊天都是关于工作，这就是共同语言，5%是围绕娃娃的，再用不到1%来说“我爱你”。

我们就连晚上躺在床上看的都是生意经。工作中的人是具有魅力的，爱情、事业、家庭是分不开的。娃娃放假了，就把娃娃带到花园里，爸爸妈妈也在花园。我现在工作的时候，娃娃在旁边上网课，老公也在旁边工作。一切都在围绕工作进行，哪有想得那么巴适。

**花友**：为什么想给女儿建一个花园？

**海妈**：我爱我的家人，也爱我的花，所以我的花园就是她们的名字。花园服务的一定首先是我们的家庭，家庭成员在花园里一定享受的是美好的时光。我们的孩子、家庭、猫狗，以及在花园里待着的那些时间是最重要的，而不仅仅是换盆、挖土那些事情。

**花友**：想让海妈给一些关于改行的建议。

**海妈**：赚钱多的工作不一定能让人有成就感，不过赚钱很多的工作一定会让人很有成就感（笑）。

但如果每天上班都是上坟的心情，不要犹豫，即刻辞职，去做其他愉快一点的事业，因为一定不会比现在的更糟糕了。

我不喜欢一眼望到头的人生，今天盼明天，明天盼后天，永远不会有新的挑战，像一潭死水一样毫无波澜。这样的环境，连一条小红鱼都得养死了。这种情况下，就要好好反省和思考，甚至放下现在的人生，去吃点苦头。

为什么要吃苦呢？因为那至少是波澜壮阔的人生。

**花友**：建议我们做主播卖花吗？

**海妈**：做直播其实挺嗨的，就是那股嗨劲儿。还有就是一种内在的情感。

说回做主播创业。农业是真的不好做，首先就要考虑花从哪里来，涉及供应链、产品、团队等一系列的问题。卖花不易，我一直都觉得这不是一个最好的生计，甚至开面馆都要好很多。

如果我去开一个花园面馆，肯定能开个500家。我都想好了，这个花园中心的位置，以后咖啡馆什么的都可以不开，但是必须开个面馆。38块一碗面，肉很多，蔬菜都是花园里有机的，再配上西昌的水果、一瓶水、一碟泡菜。我是很认真地说的！

# 后记

哭了三回，笑了五回，通读了整本《海蒂的花园》。

我作文写得并不好，也从来没有被当成范文分享过。去年海蒂回家以后说，她的老师在阅读课上分享了我写的《花园的四季》，突如其来的肯定让我有了信心。

花园图书馆的园艺书不多，曾被人吐槽说还不如大户人家的客厅，我暗自发狠：哼！收集不到一万册，我就自己写！我一直写一直写，还让海蒂和噜噜一起写！！！

园艺的美好值得写上一万册，可我毕竟能力有限，又非科班出身，或有疏漏，还请大家多多指正。

今天中午和我妈妈一起吃饭，她烧煳了两个菜，原来是把洗碗巾掉到了红烧肉的锅里。下午她又拉着小车说要去地里播种玉米，她的脸有点浮肿，背也越发驼了。这本书为她而写，想让她知道自己的女儿长大了，甚至都可以写书了。半夜写到这里，突然很想妈妈，很想很想，我多想像小噜噜一样，挨着我的妈妈睡觉。

我常感叹自己好命，命里总带贵人。

我的妈妈生我养我，我就在她背上长大；从零开始学习园艺便有了导师：夏韵、黄桃、时间、懒猫……干事业之初，竟真的有人相信仅仅怀揣着梦想的我，巍巍说，以后你的公益项目就叫“百校百园”吧，为一百所学校送一百座公益花园，让孩子们从小便受到美和自然的教育。

后来我想要拍视频分享我的园艺生活，便遇到了婷婷。她为我拍下很多照片，也记录了花园很多美好瞬间，书里的多数美图都是出自她之手。

我想出书，中信出版社的编辑曹雪萍女士联系到我，和团队加班加点梳理内容、优化整理，这本书的策划编辑李佼佼、责任编辑申祎峥、营销编辑程利盼、封面设计师熊琼、版式设计师赵妍最终让原本散落在10年间的文字成了体系，有了此书。还有柚子和虹虹，她们一直积极采访花友，分享花园的美好。以及思迪，书中的视频和部分照片都出自于她。

感恩所有的遇见，感恩我们可爱的花友和团队里可爱的小伙伴们。

饭间，我提及写了一本书送给妈妈，爸爸酸溜溜地说：你送给她，她看得懂不哟？！我妈大声地说：我看不懂，就让我的海蒂读给我听！我总听得懂！如此我便想，下次有机会，还得写一本花园栽种技巧书送给我爸爸，这个又土又潮的老头。

海爸最近在跑新基地。从去年到今年，我们跑了有上百趟，想找一个不再有拆迁风险的地方安放我们的花园，不过直到现在还没有尘埃落定。或许哪天海蒂和噜噜的花园也会被拆掉，我还没有做好心理准备，仅仅是想到就会流泪了。但我相信，始终相信，只要我们一家人在一起，花园就永远都会存在。

花园和植物就是我的孩子，我走到哪儿带到哪儿，什么都不用害怕。

写这本书，我有一个大目标：希望从来没有栽种过植物的人读完《海蒂的花园》，开始种下生命的第一株花；再像我一样，向植物学习，奋力向上，保持激情与乐观。我们一起加油！

2021年3月23日深夜于成都，海蒂和噜噜已经酣睡